POÈMES II

(Poèmes majeurs)

Du même auteur
dans la même collection

POÈMES I
édition bilingue

GEORG TRAKL

POÈMES II

(Poèmes majeurs)

Traduction
par
JACQUES LEGRAND

Présentation et notes
par
ADRIEN FINCK

GF Flammarion

ISBN : 2-08-071105-9
Printed in France

INTRODUCTION

Repères biographiques

Origines

3 février 1887 : naissance de Georg Trakl à Salzbourg, au cœur de la vieille ville, ancienne et brillante résidence des princes-évêques, ville musée de l'art baroque, « ville de Mozart ». L'environnement culturel premier est marqué par la tradition et l'esthétique. Le décor salzbourgeois est présent dans l'œuvre : les églises, le carillon, le cimetière Saint-Pierre, la fontaine de la Résidence, le jardin Mirabell, la colline du Mönchsberg, et plus loin, Hellbrunn, le parc et les étangs, les dieux et les faunes. Mais on relèvera l'obscurcissement progressif de ce décor dans l'œuvre, de la « belle ville » à la « ville obscure », associée aux images de la ruine et de la mort[1].

Le poète est né dans une famille dont l' « aisance » est confirmée par les documents biographiques. Le père, originaire de la Hongrie occidentale, d'une famille de colons souabes, protestants (confession d'Augsbourg), avait fondé à Salzbourg une quincaillerie en plein centre et réussi une ascension sociale remarquable. Par sa mère, Georg est d'ascendance en partie tchèque, catholique. Les témoignages révèlent un caractère difficile, une certaine « froideur », voire l' « absence » de la mère[2] : Maria Halik se retirait volontiers parmi sa collection d'antiquités (meubles et verreries qui ne sont pas sans témoigner de goûts artistiques), laissant le soin des enfants à une gouvernante (il s'agissait notamment d'une gouvernante alsacienne, bilingue, qui devait apprendre aux enfants le français). Il est question d'abus de narcotiques. Un biographe, Otto Basil, résume l'attitude du poète envers sa mère par la formule « *Haßliebe* » (amour-haine) ; la « pathographie » de Theodor Spoerri cite une confidence du poète selon laquelle il haïssait sa mère à tel point « qu'il aurait pu l'étrangler de ses propres mains ». L'enquête psychanalytique (Gunther Kleefeld) reconnaît dans la relation « perturbée » avec la mère une sorte de *drame initial* qui, d'emblée, a pu rendre l'enfant sensible à la froideur et à l'étrangeté du monde, orienter sa vie affective sur la voie de l'angoisse et de la culpabilité.

De l'enfance à la crise de l'adolescence

Si l'enfance, extérieurement, était protégée par l' « aisance » bourgeoise de la famille, les tensions n'en sont pas moins manifestes. Les biographes notent chez l'enfant une robustesse physique liée à un psychisme fragile, une tendance à l'introversion ainsi qu'aux réactions violentes. Quelques anecdotes font partie d'une légende plus ou moins autobiographique : l'enfant qui se jette au-devant des chevaux... qui entre en marchant, sans s'en apercevoir, dans un étang... Plusieurs témoignages évoquent cette attraction « magique » de l'eau chez l'enfant. L'eau : l'élément du rêve (Bachelard), l'élément féminin, maternel (selon la « psychologie des profondeurs »), et c'est bien cette association qui se retrouve dans les textes. Un témoin de la dernière année rapporte une formule autobiographique saisissante : « Je ne suis qu'à moitié né[3] ! » Tout un *mythe de l'enfance* aboutit à l'image transfigurée d'Elis, mais aussi à la déformation obscure et violente[4].

Le passage de l'enfance à l'adolescence est une des obsessions majeures de la poésie trakléenne : il se présente comme une entrée dans le « mal ». Sous un portrait du poète de vingt ans se trouve la devise : « *Nur dem, der das Glück verachtet, wird Erkenntnis* / À celui-là seul qui méprise le bonheur, sera donnée la connaissance » (I, 463). La biographie parle de velléités de suicide, accumule les signes du *refus*. Sur le plan scolaire, l'échec des études au lycée (1905) est significatif. L'étudiant choisit la carrière pharmaceutique (six années de lycée suffisaient, complétées d'un stage de trois ans et de quatre semestres d'études universitaires), liée sans doute en bonne partie à la drogue. Après le stage dans une pharmacie de Salzbourg (1905-1908), puis deux ans à l'université de Vienne, il obtient en 1910 le diplôme de *magister pharmaciae*.

La jeunesse du poète à Salzbourg est marquée par l'attitude antibourgeoise : « bohème provinciale » (Basil), attitudes provocatrices, fréquentation des prostituées de la « rue des Juifs ». Aspects essentiels du refus : *drogues et alcools, inceste, poésie* — la triade « infernale » sous le signe de laquelle va se placer l'existence de Trakl.

Drogues et alcools

La lettre la plus ancienne qui nous reste (probablement de septembre 1905), adressée à un ami, trahit déjà l'habitude des stupéfiants, du recours au chloroforme (I, 469). Dans les lettres de la maturité, il est plusieurs fois question du véronal, et les documents relatifs à la mort de Trakl parlent d'une intoxication à la cocaïne. Les motivations sont complexes, mais il apparaît nettement que le poète n'a pas utilisé les drogues comme un stimulant à la création poétique. Il cherchait le soulagement, l'apaisement, l'oubli. Dans l'œuvre, les drogues sont présentes avec l'image du « pavot » qui verse la paix, même si s'impose également (dans les textes tardifs) la malédiction des « poisons ». Dès les premières expériences, tentation et terreur se mêlent ; Trakl ne pouvait pas ignorer le danger auquel il exposait de plus en plus sa santé et sa vie, le psychiatre découvre là une conduite suicidaire. Il s'agit alors de ne pas ignorer la portée du refus qui se manifeste dans ce recours aux drogues, refus de l'environnement, de la civilisation, de la conscience, de l'existence ; refus que l'adolescent affichait ouvertement, le recours à l'interdit comportant forcément une part de défi. Le geste est d'ailleurs inséparable d'une certaine imitation littéraire, et l'on peut évoquer ici Baudelaire *(Les Paradis artificiels)*, lorsqu'il parle du littérateur qui, « obligé de chercher dans l'opium un soulagement à une douleur physique, et ayant ainsi découvert une source de jouissances morbides, en a fait peu à peu son unique hygiène et comme le soleil de sa vie spirituelle ». Aux drogues s'ajoutent les alcools qui semblent d'abord plus liés à une exaltation vitale (Baudelaire opposait le vin qui « exalte la volonté » au haschisch qui l' « annihile ») ; il y a dans quelques lettres l'expression d'une humeur « dionysiaque », le fonctionnaire « cacanien » se compare à un faune ivre et déchaîné dans la nuit (I, 490). D'autres documents vont de nouveau dans le sens de l'anéantissement de la conscience.

Inceste

Plus que tout autre, le thème de l'amour incestueux du frère et de la sœur marque l'œuvre de sa présence obsédante. Sa réalité biographique ne fait aujourd'hui plus guère de doute dans les études trakléennes [5], malgré le mutisme de Trakl lui-même, la perte ou la destruction des lettres, l'absence de « document » biographique, l'impersonnalité étrange du lyrisme. Il est remarquable que le poète évite la tournure personnelle, ou du moins, qu'il s'applique à l'effacer si jamais elle s'est présentée au cours de l'élaboration du poème [6]. Le biographe reconnaît dans l'impossibilité (tout comme dans la nécessité) de *dire* la transgression du tabou de l'inceste une source de l'hermétisme trakléen. « *La sœur* » : image aux associations multiples, aux valorisations ambivalentes ; *figure clé d'une mythologie personnelle.* Il s'agit, dans la biographie, de la sœur cadette de Georg, Margarethe (Grete), née en 1891, psychiquement très proche et restée liée à lui. Il semble que Georg l'ait également entraînée sur la pente de la drogue. Existence tragique : musicienne, pianiste ; mariage malheureux

(1912), divorce, dépressions, suicide (1917). Unie significativement à la drogue, la relation du frère et de la sœur fait partie du même phénomène de refus ; elle oppose l' « amour maudit » à toute forme reconnue d'amour. Sans doute surgit-elle au plus secret d'une quête affective que l' « absence » maternelle place sous le signe de l'angoisse. Nous y voyons la volonté de « perversion » qui caractérise la jeunesse du poète, le refus des conditions mêmes de l'existence dans la civilisation. Entourée des terreurs de l'interdit, la relation du frère et de la sœur est devenue pour le poète la source d'un profond sentiment de culpabilité[7].

La vocation poétique

Le jeune poète salzbourgeois participait aux réunions d'un club de poésie qui portait le nom d'Apollon, puis de Minerve, une photographie de 1906 le montre en compagnie de ses émules. Le groupe se faisait remarquer par ses excentricités, sa manière d' « épater le bourgeois ». Les biographes notent le culte de Nietzsche, placé fortement sous le signe de la protestation, du défi, et l'on peut relever d'emblée l'imitation des « poètes maudits » français, Baudelaire, Verlaine, Rimbaud[8]. Grâce à sa relation avec l'auteur dramatique Gustav Streicher, connu pour son attitude provocatrice, antibourgeoise, c'est au théâtre que le jeune auteur s'est manifesté la première fois, en 1906, en faisant représenter au théâtre municipal deux pièces brèves, *Totentag/Jour des morts* et *Fata Morgana.* Petit succès pour la première (mais la presse conservatrice et catholique a réagi sévèrement), échec total pour la seconde ; Trakl a détruit ces deux textes. Un biographe (Schneditz) pense qu'il y avait à l'origine de ces tentatives dramatiques un « besoin de se faire valoir », après le « déclassement » entraîné par l'échec scolaire. Si son ambition a été de compenser ainsi l'échec bourgeois par la réussite poétique, le dégrisement devait être complet. La destruction rageuse des deux pièces trahit en tout cas que Trakl reniait à présent cette fausse ambition poétique. En 1906, la presse libérale salzbourgeoise publie également un premier récit en prose, *Traumland/Pays de rêve,* suivi de trois autres, et lui confie, dès le début de l'année, le compte rendu de représentations au théâtre municipal (notamment de *Salomé* d'Oscar Wilde). Après cette première année d'apparition en public, 1907 marque un silence qui pourrait être le signe d'un repli sur soi, d'un certain désarroi. Il faut attendre 1908 pour que paraisse (toujours dans la presse salzbourgeoise) un premier poème. Par la suite, Trakl ne devait plus faire paraître que des poèmes, et nous pouvons en déduire que c'est à partir de ce moment qu'il a pris conscience de sa vocation essentiellement lyrique.

Le séjour à Vienne (1908-1910) marque la percée décisive de cette vocation. Au départ, il y a l'expérience de la grande ville, l'isolement et le désarroi du jeune provincial perdu dans la capitale. Rien de plus révélateur que l'attitude de Trakl face à Vienne : il y voit surtout la cité moderne, vulgaire et pourrie par l'argent, et d'emblée il l'éprouve comme un enfer (lettres d'octobre 1908). Seule la compagnie de quelques camarades salzbourgeois, venus comme lui faire leurs études, égaie un peu sa vie quotidienne, ne serait-ce que par de joyeuses beuveries. Grâce à son ami Buschbeck, il arrive à nouer quelques relations littéraires, avec l'Association académique de littérature et de musique, voire avec le tout-puissant Hermann Bahr, et le *Neues Wiener Journal* publie en 1909 trois poèmes : début sans lendemain dans la grande presse viennoise. Cette période est celle d'une production abondante, une lettre de 1909 parle en ce sens de « jours bénis » (I, 475), et à l'automne (?) 1909 le poète compose un premier recueil, une sorte de bilan de sa production lyrique jusqu'à cette date, qu'il remet à Buschbeck. Ce « recueil de 1909 » restera inédit du vivant de Trakl (il ne sera publié qu'en 1939). En même temps, une série de lettres qui datent de cette époque permettent de suivre l'évolution du poète ou plutôt la mutation décisive qui aboutit à l'œuvre de la maturité.

Si la fin des études à Vienne en été 1909 correspond à l'avènement du poète, les difficultés commencent avec l'installation dans la vie active. Toute l'existence sera déterminée par l'impossibilité de réunir les exigences de la vocation poétique et l'insertion dans la vie bourgeoise. La biographie présente alors une suite de tentatives de plus en plus désespérées suivies d'échecs de plus en plus graves. On pense à l'errance tragique de Hölderlin jusqu'à Bordeaux, encore que Trakl n'ait guère dépassé le triangle délimité par Salzbourg, Vienne et Innsbruck.

L'errance du « poète maudit »

Après le service militaire à Vienne (le « volontariat » d'un an, octobre 1910-septembre 1911), Trakl se retrouve d'abord à la Pharmacie de l'Ange Blanc à Salzbourg, mais supporte mal les exigences du service. Il fréquente un cercle littéraire et artistique (Pan) où il se lie avec Karl Hauer, auteur d'analyses féroces de la morale bourgeoise, « compagnon de débauche » (selon Otto Basil). Une fois de plus, l'existence antibourgeoise de Trakl s'entoure d'un halo de scandales et de légendes. La situation matérielle et familiale est aggravée par la mort du père (1910) et par la liquidation du négoce.

En avril 1912, retournant à l'armée comme pharmacien militaire, il est affecté à l'hôpital militaire d'Innsbruck. Voici le poète devenu *k. k. Militärmedikamentenakzessist* (ce qui correspond au grade de lieutenant) selon l'appellation officielle qui évoque tout le folklore militaire de la vieille monarchie austro-hongroise. La ville l'accable, ses lettres accumulent les formules de désespoir, mais le poète fait la connaissance de Ludwig von Ficker et du cercle du Brenner, décisive pour son avenir[9]. Désormais ses poèmes sont publiés régulièrement par la revue *Der Brenner,* la maison de Ficker devient un refuge. C'est dans le contexte de ces relations qu'il rencontre également Karl Kraus, rédacteur de la fameuse revue viennoise *Die Fackel*[10].

Le retour à l'armée n'était qu'un pis-aller et, suite à

une demande faite une année plus tôt, Trakl est nommé *k. k. Rechnungspraktikant* au ministère des Travaux publics à Vienne, poste qu'il rejoint le 31 décembre 1912 pour donner, dès le lendemain, sa démission, pris d'une sorte de panique. Quelles qu'en fussent les raisons, on imagine mal le poète (qui compose alors *Helian*) dans les bureaux du ministère, au centre du labyrinthe administratif, kafkaïen ! Au cours d'une nouvelle période d'errances, nous le retrouvons à Salzbourg où les relations avec la famille sont difficiles, à Igls où le frère de Ludwig von Ficker l'accueille au château de Hohenburg, à Innsbruck, etc. C'est à peine si les quelques documents permettent de repérer les points de chute. Mais le poète travaille. Il n'est guère de lettre qui ne contienne d'indication sur ses poèmes, qui ne propose des variantes parfois *in extremis* avant la publication dans *Der Brenner.* Un recueil de poèmes est prêt, un premier éditeur le refuse, finalement c'est Kurt Wolff, éditeur d'avant-garde (Leipzig), qui l'accepte dans sa collection « Der jüngste Tag[11] » ; le recueil paraît en été 1913 sous le simple titre *Gedichte/Poésies.*

Une nouvelle tentative de trouver un emploi, cette fois au ministère de la Guerre, en tant que *k. k. Rechnungskontrollbeamter.* Retour à Vienne, le 15 juillet 1913 ; dès le 20 juillet, il se fait porter malade, et mi-août, il renonce à ce poste. De nouveau, c'est le désarroi. Brève diversion : quinze jours à Venise en compagnie de Ludwig von Ficker, Karl Kraus, Peter Altenberg, Adolf Loos. Au cours du séjour à Vienne, il fréquente l'atelier de Kokoschka[12]. Puis il est de retour à Innsbruck où il lit ses poèmes lors d'une « soirée de lecture » organisée par la revue *Der Brenner* (10 décembre 1913) : unique apparition du poète en public. Une nouvelle demande auprès du ministère des Travaux publics est refusée. Le projet de retourner à l'armée n'aboutit pas non plus. Il se renseigne sur les possibilités d'engagement comme pharmacien pour les Indes néerlandaises, envisage de s'embarquer pour l'Amérique du Sud comme infirmier sur un paquebot Lloyd... C'est mi-mars qu'il se rend au chevet de sa sœur Margarethe à

Berlin. En dehors des lettres laconiques aux amis, nous ne savons rien sur ce séjour où il a rencontré la poétesse Else Lasker-Schüler. Rappelons que cette « fausse couche » de Margarethe reste entourée de mystère. Les témoignages biographiques disent l'ampleur de la catastrophe ressentie, et c'est sans doute en relation avec cet événement qu'il faut dater la fameuse lettre, énigmatique et désespérée, à Ludwig von Ficker (I, 529) :

> [..] *Und es haben sich sonst in den letzten Tagen für mich so furchtbare Dinge ereignet, daß ich deren Schatten mein Lebtag nicht mehr loswerden kann. Ja, verehrter Freund, mein Leben ist in wenigen Tagen unsäglich zerbrochen worden und es bleibt nur mehr ein sprachloser Schmerz, dem selbst die Bitternis versagt ist*
>
> *[ ] Es ist ein so namenloses Unglück, wenn einem die Welt entzweibricht O mein Gott, welch ein Gericht ist über mich hereingebrochen. Sagen Sie mir, daß ich die Kraft haben muß noch zu leben und das Wahre zu tun. Sagen Sie mir, daß ich nicht irre bin. Es ist ein steinernes Dunkel hereingebrochen. O mein Freund, wie klein und unglücklich bin ich geworden.*

> [ ] Et par ailleurs sont survenus ces derniers jours des événements tellement épouvantables pour moi que, de ma vie, leur ombre ne me lâchera plus. Oui, mon vénéré ami, en quelques jours ma vie s'est brisée de façon inexorable, et il ne reste qu'une souffrance sans voix à laquelle est refusée même l'amertume.
>
> [...] C'est une catastrophe si indicible quand votre univers se brise Ô mon Dieu, quel jugement s'est abattu sur moi Dites-moi que je dois avoir la force de continuer à vivre et d'agir dans le Vrai. Dites-moi que je ne suis pas fou Je suis plongé dans une obscurité de pierre Ô mon ami, comme je suis devenu petit et malheureux.

Mais le poète travaille. Un second volume est prêt, *Sebastian im Traum/Sébastien en rêve* ; en mars 1914, il l'envoie à Kurt Wolff qui l'accepte. En juillet, Ludwig Wittgenstein, le futur philosophe du *Tractatus logico-philosophicus,* met à la disposition du poète, par l'intermédiaire de Ficker, une somme qui aurait pu assurer son existence matérielle, du moins pour quelques années. Ultime ironie du sort : il n'en disposera plus. La guerre éclate.

La guerre, la mort

Mobilisé dans les services sanitaires, redevenu par la force des choses *k. k. Medikamentenakzessist,* Trakl quitte Innsbruck pour le front de l'est, la nuit du 24 août. Quelle pouvait être son attitude face à la guerre ? Nul écho, dans l'œuvre, de la vague d'enthousiasme patriotique ; Karl Röck, dans son journal, note que Trakl souhaite la défaite allemande contre les Russes. Sans doute faut-il remarquer que ce conflit armé devait représenter à ce moment, pour le poète, la fin de ses difficultés dans la vie bourgeoise. Faut-il ajouter : la fin tout court, dans le cataclysme universel ? De *Menschheit/Humanité* aux visions de violences qui hantent les derniers poèmes, Trakl a vécu d'avance la guerre comme une catastrophe fatale et — peut-être ? — salutaire. L'« orage » qui depuis longtemps avait investi sa vie intérieure, voici qu'il éclate enfin dans l'histoire.

L'itinéraire va d'Innsbruck, par Salzbourg et Vienne, jusqu'en Galicie. Les cartes postales, plus laconiques que jamais (ne fût-ce qu'à cause de la censure), ne permettent de suivre que très imparfaitement l'engrenage des faits. Le détachement sanitaire dont il fait partie est engagé du 6 au 11 septembre dans la bataille de Grodek (localité située à l'est de Lvov) ; Trakl se serait vu confier, sans assistance médicale et sans moyens efficaces, durant deux jours, le soin d'une centaine de blessés graves entassés dans une grange. À la suite de ces scènes d'horreur, il aurait fait quelques jours plus tard, au cours de la retraite autrichienne, une tentative de suicide (un soir, au mess, il se serait levé, déclarant qu'il ne pouvait plus vivre, qu'il lui fallait se tuer ; on l'aurait suivi, désarmé). Le 7 octobre, il est transféré à l'hôpital militaire de Cracovie « pour observation de son état mental ». Le diagnostic, par la suite, précise : « démence précoce » (cette expression désignait alors la schizophrénie). Un document médical retrouvé dans les archives relate à sa façon les circonstances, accumule les indices d'un état pathologique[13].

Mais ces documents doivent être considérés avec circonspection. Le témoignage clé, sans doute le plus fiable, reste celui de Ludwig von Ficker, l'ami secourable, accouru à Cracovie rendre visite au poète dans la cellule de la section psychiatrique (24 et 25 octobre[14]) : Trakl exprime la crainte d'être traduit devant le tribunal militaire et exécuté, il est « déprimé », comme « porté au-delà de sa présence d'esprit » qui restait pourtant « sensible », sa nature « ne semblait en rien altérée » ; il donne lecture à Ficker de ses derniers poèmes, *Klage/ Plainte* et *Grodek,* ainsi que de quelques strophes du poète baroque Günther, empreintes de la pensée de la mort. L'adieu se fait dans une atmosphère de sombre prémonition. Auparavant, Trakl avait confié à son ami qu'il possédait encore, en cachette, des « poisons ». Dans une sorte de lettre-testament datée du 27 octobre, il envoie à Ficker les deux poèmes et fait de sa sœur Grete son unique légataire (I, 546).

3 novembre 1914 : mort de Georg Trakl à Cracovie, à la suite de l'absorption, la nuit du 2 au 3, d'une dose de cocaïne. Le diagnostic des autorités médicales de l'hôpital militaire est formel : « Suicide par empoisonnement à la cocaïne. » Or d'autres documents biographiques s'inscrivent plus ou moins en faux contre l'intention de suicide, notamment le témoignage de Ficker qui ne cessera de rappeler l' « obscurité » entourant la mort de Trakl. Suicide ou accident (overdose) ? La biographie ne peut répondre à la question de façon indiscutable. Sans doute l'intention même était-elle ambiguë.

L'ŒUVRE POÉTIQUE

Trakl avant Trakl

Jusqu'en 1910, l'œuvre est celle d'un Trakl d'avant Trakl, marquée par l'imitation des tendances de l'époque « fin de siècle », de la « décadence », inspirée notamment par la « modernité » française, et l'enquête biographique souligne la signification antibourgeoise de cette attitude du jeune poète salzbourgeois. S'ajoute d'abord une certaine pose nietzschéenne, également provocatrice, tributaire d'un « vitalisme » suscité par Nietzsche dans l'espace germanophone, mais qui aboutit chez Trakl rapidement à une crise.

Rappelons qu'en 1906 le jeune auteur a d'abord tenté de s'imposer au théâtre, et que l'échec l'a vite dégrisé, comme le prouve la destruction de ces deux premières pièces, *Totentag/Jour des morts* et *Fata Morgana*. Or la veine dramatique n'allait pas tarir tout de suite, c'est probablement entre 1906 et 1908 qu'il écrivit *Don Juans Tod/La Mort de don Juan,* dont il reste des fragments, puis, en 1910, *Blaubart/Barbe-Bleue,* « pièce pour marionnettes » dont le manuscrit a été conservé[15], mais il n'était plus question d'affronter les feux de la rampe. Si les deux pièces jouées en 1906 semblent avoir été peu intéressantes, la thématique pouvant se résumer aux illusions de l'amour, « mirage du désert », les fragments dramatiques suivants présentent la tentative d'un théâtre du crime sadique : don Juan apparaît comme un criminel sadique (baudelairien), et la reprise du thème de Barbe-Bleue pousse cette violence jusqu'au grotesque dans une sorte de satanisme. En dépit de leur immaturité et d'outrances maladroites, ces textes restés inachevés et inédits constituent alors l'expression la plus forte et la plus révélatrice des tensions profondes. Quant aux premières proses connues (également de 1906), elles n'ont pas cette force expressive : l' « épisode » *Traumland/Pays de rêve,* idylle au sein de la nature, déjà troublée par l'attraction de la souffrance, de la mort ; deux « fantaisies » bibliques, sous le signe de la tension du paganisme (vitalisme) et du christianisme, *Barrabas* et *Maria Magdalena* (où l'on retrouve la danse extatique de la Salomé de Wilde) ; *Verlassenheit/Abandon,* prose « décadente », description d'un état d'isolement total, d'une paralysie de l'énergie vitale. Ses comptes rendus critiques parus de 1906 à 1908, peu connus, mais qui sont autant d'exercices littéraires, permettent de préciser l'orientation du jeune auteur, son opposition aux sentimentalités et facilités conventionnelles, son exigence esthétique et moderniste, son intérêt pour Oscar Wilde.

La vocation lyrique ne s'est pas imposée d'abord, le premier poème n'a paru qu'en 1908, *Morgenlied/Chant du matin* : thématique vitaliste (nietzschéenne), démonstration de force qui sonne faux, pose qui cache mal la fêlure secrète. Le « recueil de 1909 », remis à Buschbeck et qui n'a pas trouvé d'éditeur, réunit sans doute la plupart de ces premiers textes lyriques. La crise du « vitalisme » y apparaît nettement, tandis que se manifeste l'effet d'un christianisme négatif, à la fois dans la critique de l'institution (l' « église morte ») et par un traumatisme qui vient briser ou fausser la force vitale, susciter un fort sentiment de culpabilité, la présence du « mal ». La thématique est dominée par la « décadence » et ses motifs du déclin, de l'automne et du soir, de la nuit et du nirvana, du rêve et de la mélancolie, de l'ennui et du dégoût. On y perçoit souvent une « musique » verlainienne. Ce déclin reste transfiguré par l'esthétique, mais déjà s'insinue le « souffle » plus sensible de la mort, du pourrissement (« *Da macht ein Hauch mich von Verfall erzittern* », I, 219), se manifeste l' « esthétique du laid » des *Fleurs du mal* baudelairiennes, de même qu'une certaine violence proche de celle du théâtre sadien. Nous reconnaissons la première évocation de l' « amour maudit » sous le titre *Blutschuld,* littéralement « faute contre le sang », mettant l'accent sur la « faute », dans la langue poétique archaïsante : « crime de sang », suscitant l'association inceste-meurtre (crime sadique). Le geste est celui de la transgression qui s'entoure des terreurs du sacré, et biographiquement, l'acte de transgression est l'inceste du frère et de la sœur. Même ce poème clé reste très littéraire, tout comme l'ensemble de ces textes dont la forme est le plus souvent conventionnelle, métrique et rimée. Il faut relever le soin porté à la forme. Il est significatif que le jeune Trakl reprenne une des formes les plus artistiques, celle du sonnet (c'est encore l'influence du symbolisme français, de Baudelaire et de Verlaine, qui est ici déterminante). Avec un sonnet comme *Herbst/Automne* une première maîtrise formelle est atteinte.

Une nouvelle expérience poétique

Des lettres témoignent alors de la prise de conscience d'une nouvelle expérience poétique et permettent de situer la charnière assez nettement dans l'été 1910. Trakl précise à propos de son poème *Der Gewitterabend/Le Soir d'orage* sa « manière » de « procéder par images », « manière difficilement conquise » : elle consiste à réunir en une strophe de quatre vers quatre images isolées, cet ensemble devant constituer une unité d'impression (I, 478). Cette forme caractérise bien les poèmes de la première maturité.

Staub tanzt im Gestank der Gossen.
Klirrend stößt der Wind in Scheiben.
Einen Zug von wilden Rossen
Blitze grelle Wolken treiben.

Trakl expose cette « manière » personnelle dans un mouvement de rage contre un ami poète qui l'aurait plagié, mais à qui manquerait la « fièvre » créatrice ; or on reconnaît là une forme très caractéristique de l'expressionnisme naissant autour de 1910 (« *Reihungsstil* »). Une lettre contemporaine (I, 479) résume la nouvelle expérience poétique en quelques formules frappantes :

Aber ich bin derzeit von allzu viel (was für ein infernalisches Chaos von Rythmen und Bildern) bedrängt, als daß ich für anderes Zeit hätte, als dies zum geringsten Teile zu gestalten, um mich am Ende vor dem, was man nicht überwältigen kann, als lächerlicher Stümper zu sehen, den der geringste äußere Anstoß in Krämpfe und Delirien versetzt.

Kommen dann Zeiten der unsäglichsten Öde zu überdauern! Was für ein sinnlos zerrissenes Leben führt man doch!

Mais je suis en ce moment beaucoup trop accablé (quel chaos infernal de rythmes et d'images) pour trouver le temps de faire autre chose que donner un minimum de forme à ce qui m'accable, et me retrouver face à ce qu'on ne peut maîtriser, comme un ridicule bousilleur que le moindre heurt venu de l'extérieur plonge dans les convulsions et les délires.

Viennent alors des instants de vide indicible qu'il faut surmonter! Quelle vie absurde et déchirée ne faut-il pas mener!

D'une part, l'expérience « infernale » d'une inspiration « chaotique »; d'autre part, l'exigence formelle, devenue difficile, voire désespérée. La lettre évoque une succession de périodes créatrices, qui absorbent tout le temps de vivre, et de périodes de vide, la vie elle-même apparaissant ainsi « déchirée », « absurde ». Le travail poétique est une entreprise de salut aux extrêmes limites du possible.

Voici qu'une dernière lettre montre le prolongement de cette réflexion poétologique jusqu'à la fin de l'automne 1911 (I, 485) :

> *Anbei das umgearbeitete Gedicht. Es ist umso viel besser als das ursprüngliche als es nun unpersönlich ist, und zum Bersten voll von Bewegung und Gesichten.*

> Voici le poème remanié. Il est bien meilleur que la première version dans la mesure où il est désormais impersonnel et plein à éclater de mouvement et de visions.

Le terme « impersonnel » peut surprendre et prêter à contresens. Or Trakl enchaîne de façon révélatrice : « et plein à éclater de mouvement et de visions ». La « personne » (le sujet empirique, le « je » de la poésie traditionnelle) doit s'effacer au profit des forces plus profondes qui la traversent, ou, selon l'étymologie, qui « sonnent à travers elle ». Nous pouvons parler en ce sens de poésie « visionnaire », mettre en évidence (dans l'histoire littéraire) l'aspect expressionniste. C'est bien Trakl lui-même qui parle de « visions », non sans associations violentes et dramatiques[16]. Nous sommes du côté de l'obscur. L'universalité est ici celle de l'irrationnel ou de l'inconscient. En même temps, Trakl insiste sur la difficulté d'aboutir à cette « impersonnalité », et ce qui s'impose ainsi, c'est encore l'importance du travail poétique :

> *Ich bin überzeugt, daß es Dir in dieser universellen Form und Art mehr sagen und bedeuten wird, denn in der begrenzt persönlichen des ersten Entwurfes.*
>
> *Du magst mir glauben, daß es mir nicht leicht fällt und niemals leicht fallen wird, mich bedingungslos dem Darzustellenden unterzuordnen und ich werde mich immer und immer wieder berichtigen müssen, um der Wahrheit zu geben, was der Wahrheit ist*

Je suis persuadé que tu goûteras et apprécieras plus cette forme universelle que celle du premier jet, plus personnelle et donc plus limitée.

Crois bien qu'il ne m'est pas et qu'il ne me sera jamais facile de me soumettre inconditionnellement au thème à traiter, et je serai inlassablement contraint à me corriger pour rendre à la vérité ce qui est à la vérité.

Le texte à partir duquel Trakl explique sa poétique secrète est un remaniement d'un poème antérieur, et cette remarque prend toute sa portée si l'on pense aux variantes quasi infinies des manuscrits. L'effacement de la personnalité consciente ou extérieure se fait au cours d'un travail poétique. Or l'impératif n'est pas simplement esthétique, mais spirituel, formulé en termes bibliques : « rendre à la vérité ce qui est à la vérité ». La recherche formelle est inséparable de l'inquiétude spirituelle. La lettre de 1911 reprend celle de 1910 tout en marquant une progression : ce que l'entreprise de « donner un minimum de forme » comportait encore de distance et de défense, de référence à une forme conventionnelle, est maintenant aboli ; il s'agit d'approcher le plus possible le « chaos ». Si cela implique une élaboration lente, difficile, incertaine du poème, c'est qu'elle est dirigée contre toutes les habitudes de pensée et de langage.

Par la suite (dans la mesure où les documents existants permettent de juger), Trakl n'est plus revenu explicitement sur sa poétique. N'est-ce pas le signe qu'il n'y a plus, dans son évolution, de charnière aussi importante, qui nécessiterait une nouvelle prise de conscience ? Quelques formules du poète, quelques paroles recueillies par les témoins de sa vie nous permettent encore de nous rendre compte, parfois, de ce que la vocation poétique représentait dans sa vie à l'époque de la maturité. Rappelons la lettre si désespérée à Ludwig von Ficker (écrite probablement au printemps 1914), où le poète voit son univers « se briser », non sans ajouter : « Dites-moi que je dois avoir la force [...] d'agir dans le Vrai » (I, 529). Cette formule est à rapprocher de celle de 1911 : « rendre à la vérité ce qui est à la vérité », formule qui désigne le travail poétique dans sa signification formelle et spirituelle. « Agir dans le Vrai » semble bien se rapporter ainsi à l'œuvre qui s'impose alors de toute sa nécessité, préservant l'esprit du poète de la « folie » (« Dites-moi que je ne suis pas fou »). Néanmoins, la poésie ne cesse d'apparaître en une équivoque déchirante : d'une part, elle est la grande consolation, la seule raison de vivre, le salut ; d'autre part, elle est douloureusement remise en question.

Un étrange témoignage oral, consigné dans le journal de Karl Röck à la date du 27 juin 1912, présente une critique de Goethe en des termes d'une violence abrupte et aboutit à la mise en question la plus radicale de la poésie et de la communication poétique[17] : pourquoi des poètes, pourquoi des philosophes (allusion à Schopenhauer), puisqu'il y a le Christ et l'Évangile ? On peut déceler sans doute dans ces paroles le mépris de la « littérature » hérité de Verlaine et Rimbaud, tout comme le souvenir de la critique nietzschéenne du poète et du penseur. Mais n'est-ce pas ici l'inquiétude spirituelle, dans une sorte d'exacerbation mystico-religieuse (provocatrice), qui se tourne contre la création poétique ? La question qui se pose est alors la suivante : pourquoi Trakl écrit-il ? En juin 1912 il vient de prendre contact avec le cercle du Brenner, il est au seuil de son œuvre majeure. Voici qu'il emploie (dans un sens positif) la formule « écrire de façon neurasthénique », qu'il cite à l'appui Mörike, dont il relève l' « innocence », de même que Liliencron, qu'il surestime curieusement. Au plus secret perce l'exigence d'une poésie authentique, qui ne serait pas « vanité », qui serait un sacrifice, où le poète « verse tout son sang » à l'instar du Christ sur la croix. La poésie se justifie-t-elle dans le sens d'une imitation christique ? Telle serait l'exigence extrême. Comment la comprendre ?

Nous pouvons trouver une clé dans un texte tardif, sans doute très mûri, l'un des plus importants pour la compréhension de l'œuvre majeure : un dernier aphorisme, remis à Ludwig von Ficker avant le départ au front (I, 463). La poésie selon Trakl y prend résolument une signification éthique.

Gefühl in den Augenblicken totenähnlichen Seins : Alle Menschen sind der Liebe wert. Erwachend fühlst du die Bitternis der Welt; darin ist alle deine ungelöste Schuld; dein Gedicht eine unvollkommene Sühne.

Sentiment éprouvé à des moments où l'existence ressemble à la mort : tous les hommes sont dignes d'amour. Tu te réveilles et ressens l'amertume du monde ; là est ta faute irrédimée ; ton poème, une imparfaite expiation.

Ces « moments où l'existence ressemble à la mort » ne sont pas sans rappeler l'expérience de la drogue, la phase du « kief » des Orientaux, décrite par Baudelaire dans *Les Paradis artificiels* : « suprême état », traversé d'un souffle d' « amour » universel. Mais il y a toujours l'éveil, le retour à l' « amertume du monde », où le poète découvre sa propre « faute irrédimée ». La poésie, exercice de l'état de veille, devient dès lors une « expiation ». Le poète tente de justifier moralement la poésie qui est sa vocation. « Une imparfaite expiation », écrit-il significativement. Nous pouvons comprendre ces mots dans le sens que cette expiation est toujours à recommencer, mais aussi dans le sens d'une méfiance plus foncière : il n'y a pas de salut par la poésie seule[18].

Comme la drogue, comme l'inceste, la poésie procède du refus initial. Le recours à la drogue ne peut être qu'une fuite. L'inceste est une entreprise d'amour, mais tout autant une destruction de l'être aimé, la source de culpabilité. La poésie est le refus actif, créateur ; mais il ne semble pas qu'elle puisse fournir, en fin de compte, l'appui sûr qui permettrait de vivre et de justifier sa vie. La vocation de Trakl est une route tracée sur l'eau, route sur laquelle on ne peut pas marcher.

Le recueil de 1913

Le recueil préparé dès le début de l'année 1912 et publié en été 1913 chez l'éditeur Kurt Wolff présente un premier choix de poèmes de la maturité, plusieurs fois modifié au cours des difficultés et péripéties de l'édition[19]. Les poèmes les plus anciens retenus par Trakl remontent à 1909, mais non sans corrections[20].

Nous pouvons caractériser en substance l'œuvre de la maturité par la *fragmentation* : un monde, un langage se brisent ; surgit alors une réalité « chaotique », « infernale », qui n'est plus interprétée, ordonnée, dominée par la convention (« *infernalisches Chaos von Rythmen und Bildern*[21] »). La thématique de la « décadence » prend une dimension bien plus flagrante, terrifiante, la catastrophe étant désignée par les mots clés *Verfall, Verwesung, Fäulnis,* etc., par le nombre impressionnant de verbes aux préfixes *ver, zer,* qui expriment dans toutes les nuances le déclin, la décomposition, le pourrissement, la destruction, la ruine, significativement en relation avec une expérience obsédante du « mal ». S'ajoute à présent une syntaxe de plus en plus disloquée ou ambiguë. Signe le plus tangible de l' « impersonnalité » : la disparition du « je », tandis que l'espace isolé du poème est envahi de figures anonymes (le solitaire, l'étranger, le fou, le dormeur), figures d'une mythologie personnelle (la sœur), notamment sous la forme du neutre substantivé propre à la langue allemande (« *ein Dunkles* ») ou du mystérieux pronom *jener.* Parfois on n'aperçoit qu'une partie de la personne : le front, le regard, la tête, voire un simple geste, un mouvement, des pas. Trakl développe un langage des couleurs, souvent alogiques, irréelles (la correspondance avec la peinture expressionniste est flagrante), qu'il n'est plus possible de ramener à un symbolisme fixe. Ces éléments typiques du poème reviennent selon une étrange stéréotypie où se mêlent également de curieux emprunts littéraires, des réminiscences de lectures (on connaît notamment les citations des poètes frères, Rimbaud, Hölderlin), mots-pierres dans le jeu du poème que l'on a pu comparer à un kaléidoscope.

Le poète cherche d'abord à « donner forme » (*gestalten*) selon la métrique traditionnelle, créant de la sorte un lyrisme dissonant (par la tension extrême de la forme et du fond) et dont l'esprit est celui de la dérision amère, ou alors, il s'agit de petites musiques du rêve et de l'oubli. Telle est la première « manière » de la maturité. De nombreux poèmes se présentent ainsi sous la forme de strophes (le plus souvent de quatrains) rimées, selon un mètre conventionnel dont le rythme est renforcé de façon stéréotypée, monotone, égrenant des vers qui juxtaposent des images alogiques. L'exigence formelle reste particulièrement visible dans les cinq sonnets du recueil. Trakl ne renoncera jamais à pratiquer le vers régulier. Cependant, une nouvelle étape est évidente, surtout avec l'important *Psalm/Psaume* (septembre 1912) qui rompt l'ordre du mètre et de la rime, introduit un genre de « rythmes libres » selon des vers longs, isolés par la ponctuation, se rapprochant des versets bibliques, mais inspirés de façon assez flagrante (jusque dans les emprunts textuels) par le Rimbaud des *Illuminations*.

L'évolution mène aux vers assouplis de *Helian* (décembre 1912-janvier 1913), caractérisés par une musicalité libre, d'autant plus intense, réintroduisant l'enjambement, et c'est l'influence de l'élégie hölderlinienne qui est alors déterminante. Trakl inaugure de la sorte une nouvelle « manière ». Elle est intimement liée aux thèmes du rêve, d'une harmonie nocturne, elle opère une *métamorphose,* nous entrons dans la sphère étrange de l'univers trakléen où la folie est « douce », la sphère poétique du « chant obscur » et du « pavot » (image poétique de la drogue). Voici que des mots clés comme *Dämmerung, Untergang, Umnachtung* prennent un sens positif. L'ambiguïté sous-jacente au mot allemand *Dämmerung* (luminosité indécise qui, virtuellement, est passage du clair à l'obscur ou de l'obscur au clair) suggère une illumination nocturne ; *Umnachtung* se charge de toute la valeur évocatrice qui se dégage des éléments premiers du mot et marque ainsi l'entrée dans la nuit transfigurée ; de même, *Untergang :* « descente » aux « profondeurs », « catabase »[22]. Le bleu devient par excellence la couleur de cet univers onirique et euphonique, il est possible de parler en ce sens d'un « bleu trakléen ». Ainsi s'établit l'œuvre hermétique, pure expression du refus de la réalité, construction esthétique, expression de la douleur de vivre et apaisement de cette douleur. *Fragmentation* et *métamorphose* désignent les deux pôles de l'œuvre.

De *Verfall/Déclin* à *Helian,* les textes réunis dans le recueil de 1913 sous le titre parfaitement neutre *Poésies* ne sont pas sans présenter des phases différentes, de la première « manière » aux vers libérés de *Psalm/Psaume* et à la musicalité nouvelle de *Helian.* Comment Trakl a-t-il fait entrer ces poèmes épars dans l'ordre plus vaste du livre ? Les péripéties de l'édition ne permettaient guère l'organisation parfaite, mais on sait que le poète y a travaillé à plusieurs reprises, non sans incertitudes, aboutissant à une ordonnance libre, jouant sur l'unité dans la diversité. Il distribue sur l'ensemble du recueil les poèmes aux rythmes libres, tout en marquant leur prépondérance vers la fin. Le recueil s'ouvre sur le vol angoissant des corbeaux qui se charge de toutes les suggestions du mal et de la décomposition ; il s'achève sur le « chant » élégiaque, la « douce folie » de *Helian.* Si l'agencement n'est pas chronologique, il y a pourtant une ligne générale qui se dégage : elle mène du poème dissonant au poème euphonique. Le deuxième pôle de l'univers trakléen — la *métamorphose* — s'impose de plus en plus intensément.

« *Sébastien en rêve* »

Le recueil central de l'œuvre trakléenne est *Sebastian im Traum/Sébastien en rêve,* envoyé à l'éditeur Kurt Wolff en mars 1914, mais qui ne paraîtra qu'en 1915, après la mort du poète. La publication fut retardée d'abord par les remaniements, puis par la guerre [23].

Ce qui distingue d'emblée ce recueil, c'est l'ordonnance artistique, la structure cyclique : cinq parties, chacune prenant le titre de l'un des poèmes, les quatre parties de *Traum und Umnachtung/Le Rêve et la Démence* formant un cycle à elles seules [24]. Ces considérations architectoniques imposent au vécu un ordre artistique, mais sans fausser le cours des choses ; bien au contraire, la disposition est révélatrice, elle met en relief une progression significative.

Par cette structure cyclique, le recueil se place sous le

signe de la *métamorphose* qui fondait déjà la dernière phase du recueil de 1913. Le vers élégiaque de *Helian* reste le type de vers dominant ; il s'assouplit encore, en introduisant parfois de fortes variations de longueur, des enjambements plus fréquents, tout en s'organisant aussi en strophes au nombre de vers régulier (la fréquence de la strophe courte de trois vers est remarquable). La thématique présente un mythe de l'enfance, dès le poème initial, puis le poème éponyme, le thème du « jeune mort », le mythe d'Elis, jusque dans l'enfance mythifiée de Gaspard Hauser. Cette rêverie vers l'enfance se prolonge de l'ontogenèse à la phylogenèse, en une vision de l'histoire occidentale, proche du mythe romantique de l'histoire, du retour à l'unité perdue. *Abendländisches Lied / Chant occidental* oppose au déclin de l'Occident la transfiguration des amants maudits, figures marginales dans l'ordre social et religieux, qui ont vécu jusqu'à l'extrême la misère de la situation présente, pour qui le déclin est devenu une descente aux enfers. Voici que ce « chant » culmine en une singulière abolition de la dualité sexuelle, en une séquence (« *Ein* Geschlecht ») où nous reconnaissons une reprise du mythe de l'androgyne. L'expérience de l'inceste et de la drogue apparaît dans sa dimension visionnaire et poétique. La *fragmentation* reste le pôle douloureux du lyrisme, l'histoire est sous le signe de la fin, la douleur et la mort, et la figure obsédante de la « sœur » est toujours présente ; mais le moment essentiel est bien celui de la « transfiguration » (*Verklärung,* titre d'un poème central), dans l'apaisement nocturne où se résorbent les images dissonantes du jour, avec l'entrée dans le domaine irréel de l'harmonie musicale. Les vocables de l'apaisement (« *sanft* », « *still* », « *leis* », « *friedlich* ») et de l'ivresse (« *trunken* ») reviennent comme des leitmotive. L'association du « pavot » et du « chant » est particulièrement révélatrice (« *Trunken von Mohnsaft dunkler Gesang* », I, 120), ou encore, celle de l' « euphonie » et de la « douce folie » (« *bewegt von nächtlichem Wohllaut, / Sanftem Wahnsinn* », I, 125). Une image chrétienne comme celle du Pain et du Vin prend une signification nouvelle, mythique, comme le suggérait l'élégie hölderlinienne dont la musique est toujours sous-jacente. L'aboutissement de la métamorphose se trouve dans l'admirable *Gesang des Abgeschiedenen/ Chant de l'Isolé* (mars 1914), sommet d'intensité du lyrisme trakléen. Si l' « Isolé » est « mort » au monde de la civilisation moderne, il retrouve, sur le « seuil pétrifié » de la douleur, « *Maß und Gesetz* »/« Mesure et Loi », formule inouïe dans le contexte de la *fragmentation* ! toujours sous le signe de la « nuit » transfigurée, dans la nature pacifiée et une communauté fraternelle.

Les images du « mal » et de la « faute » n'en sont pas moins présentes, et certains poèmes n'aboutissent pas à l'apaisement : il suffit de citer par exemple *Die Verfluchten/Les Maudits,* retour en force de la première « manière », tout en intensifiant l'angoisse onirique ; l'obsessionnel *Unterwegs/En chemin,* qui prolonge les vers de *Psalm/Psaume,* note de façon pathétique la faillite du langage (« *Unsäglich ist das alles, o Gott, daß man erschüttert ins Knie bricht* »), la « mort » du « chant », l'abandon à l'ivresse abrutissante ; *Geburt/ Naissance,* poème de l'enfantement dans la douleur, signe de la faute originelle. Voici que cette thématique se concentre dans un nouveau genre de textes, le poème en prose : le premier, *Verwandlung des Bösen/Métamorphose du mal,* paraît le 15 octobre 1913 dans *Der Brenner,* suivi de *Winternacht/Nuit d'hiver* (1er janvier 1914), *Traum und Umnachtung/Le Rêve et la Démence* (1er février). La prose rimbaldienne d'*Une saison en enfer* a pu fournir un exemple. Dans une prose haletante, souvent asyntaxique, les images du « mal » et de la « faute » trouvent leur expression la plus forte, non sans résurgences du théâtre du crime sadique (mais sans leurs figures ou masques littéraires, don Juan et Barbe-Bleue), dans l'association secrète de l'inceste et du meurtre. Il ne s'agit plus ici du mythe transfigurateur, mais de la déformation hallucinante. Ces poèmes violents peuvent s'expliquer comme une « confession » en tant qu' « expiation » et en ce sens : un exercice de salut. L'étude des influences et références peut citer Dostoïevski, le contexte du *Brenner* permet de rapprocher l'entreprise trakléenne de celle de son ami (« frère ») Karl Borromaeus Heinrich qui, à la même époque, proclame un pathétique « *Omnia mea culpa* » (*Confiteor*, « confession » en prose, paru dans *Der Brenner* le 15 avril 1913). Rappelons que Trakl lui-même fournira une clé dans son dernier aphorisme : « *Dein Gedicht eine unvollkommene Sühne* »/« *Ton poème, une imparfaite expiation.* » L'importance de ces poèmes en prose est accentuée par leur place en fin de cycle ou de recueil.

Ainsi l'organisation de l'ensemble du livre, qui s'ouvre sur *Kindheit*/*Enfance* et se termine sur *Traum und Umnachtung*/*Le Rêve et la Démence*, résume toute la tension profonde. Le poème en prose clôt le second recueil comme le chant élégiaque de *Helian* terminait le premier ; or les signes, cette fois, sont inversés : il ne s'agit plus de la nuit « bleue » de l'harmonie onirique, ni de la « douce folie », mais d'une nuit de la « malédiction », de la « démence noire » : « *Die Nacht das verfluchte Geschlecht verschlang* »/« *La nuit engloutit la race maudite.* » La *métamorphose* est remise en question. Cette organisation du recueil[25] ne permet pas de faire de l' « Isolement » le grand aboutissement de l'itinéraire trakléen, et finalement, elle s'inscrit en faux contre les lectures (l'interprétation chrétienne tout comme l'herméneutique heideggérienne) qui privilégient le moment de la transfiguration.

Enfin, au printemps 1914, apparaît un nouveau type de vers, inspiré des derniers hymnes de Hölderlin, bref et abrupt, au rythme brisé, non sans tendance au pathétique, très « expressionniste » : il s'impose au cours de l'élaboration difficile des poèmes *Passion* (*Der Brenner*, 15 février 1914) et *Abendland*/*Occident* (1er mai), dont une ultime version est ajoutée *in extremis* au recueil. Telle est la dernière « manière » de Trakl[26].

Derniers poèmes

Les poèmes achevés de la dernière période ont paru dans la revue *Der Brenner*, en juillet 1914, puis après la mort du poète, en 1915.

Du printemps 1914 date un étrange retour à la veine dramatique d'avant la maturité, un « Fragment de drame » resté à l'état de manuscrit, une sorte de psychodrame elliptique et obscur[27]. Des passages se retrouvent dans un dernier poème en prose, *Offenbarung und Untergang / L'Apocalypse et la Descente aux profondeurs,* qui prolonge l'inspiration des trois proses du recueil précédent, mais cette fois à la première personne. Ce retour tardif du « je » peut s'expliquer comme une volonté d'assumer explicitement la malédiction et la culpabilité, comme un dernier acte de « confession » et d' « expiation ». Le titre reprend le schéma de celui de *Traum und Umnachtung / Le Rêve et la Démence,* en y ajoutant des connotations nouvelles, dans le sens d'un cataclysme final. *Offenbarung :* « révélation » (tout comme le rêve est une révélation), mais l'allemand permet d'y saisir le sens d' « apocalypse », avec toute la valeur visionnaire, eschatologique qui s'y rattache (les images du poème renvoient à plusieurs reprises à celles de l'Apocalypse de Jean). *Untergang* : le texte confère de nouveau à ce vocable de la « descente aux profondeurs » la résonance dramatique que la *métamorphose* tentait d'effacer (tout comme la folie — *Umnachtung* — perd à nouveau dans les poèmes en prose le halo lyrique que lui conférait la « douce folie » de *Helian*).

La dernière « manière » de Trakl, telle qu'elle se manifestait déjà dans les poèmes tardifs du recueil, s'impose le plus fortement dans une série de sept poèmes qui forment à nouveau un cycle, ne serait-ce que par l'analogie de leurs titres lapidaires : *Das Herz / Le Cœur, Der Schlaf / Le Sommeil, Das Gewitter / L'Orage, Der Abend / Le Soir, Die Nacht / La Nuit, Die Schwermut / La Mélancolie, Die Heimkehr / Le Retour.* Ce sont les poèmes les plus violemment « expressionnistes » de Trakl, où l'intensité contenue, intérieure, qui caractérisait le « chant » trakléen fait place au geste exclamatif, où la plainte devient cri. Sans cesse repassent les images de la violence : révolte, guerre, orage, sang, feux, cataclysmes. Un lyrisme apocalyptique dont l'angoisse foncière peut se résumer en ces termes : « purification » ou « destruction[28] ». Fait rare chez Trakl : il arrive que les manuscrits soient datés, ce qui peut être interprété comme le signe d'une conscience aiguë de la situation personnelle et du moment historique. En effet, l'atmosphère de ces poèmes est inséparable de l'époque, de la tension accrue des semaines précédant la guerre mondiale.

Poèmes de la guerre : *Im Osten / À l'est,* qui évoque en quelques images elliptiques la terreur physique et métaphysique de la guerre ; *Klage / Plainte,* poème de la détresse ultime face à la mort-destruction ; *Grodek,* où un mouvement extrême de la pensée tente de réintroduire la notion d'un sacrifice expiatoire (l'image des « autels d'airain » et de la « flamme brûlante de l'esprit »), mais se termine ou se brise de façon abrupte, dans l'ambiguïté de la syntaxe et du sens.

Pour une lecture de l'œuvre

Problèmes d'interprétation

La fortune littéraire du poète fut tardive, mais de nos jours, cette poésie suscite un intérêt croissant. Trakl n'est-il pas cité parmi les plus « grands » ? Son langage obscur n'a cessé de fasciner les interprètes et de susciter les problèmes d'interprétation. La question se pose de façon inquiétante et inévitable : peut-on comprendre Trakl ?

L'image posthume du poète a été marquée d'abord par le cercle du Brenner, autour de Ludwig von Ficker, l'ami et le confident, dont le témoignage prudent reste une référence majeure. Or au cours de l'évolution de la revue vers un existentialisme chrétien, cette interprétation traditionnelle a fortement infléchi la compréhension de l'œuvre dans le sens du christianisme[29]. Si l'héritage chrétien de Trakl est lié à ses origines, si l'inquiétude spirituelle et éthique est indubitable, marquée d'un vif sentiment de culpabilité (les interprètes ont pu rapprocher le poète de Dostoïevski), le « christianisme » de Trakl reste singulier, en dehors de toute institution, et le langage de l'œuvre pose le problème de la fixation du sens. D'un autre côté, l'herméneutique heideggérienne a proposé (dans les années 50) son « éclaircissement » philosophique du « dict poétique » de Trakl, aboutissant à l'image prophétique du « poète de l'Occident non encore dévoilé » ; l'arbitraire de l'entreprise qui écarte délibérément l'histoire, la biographie et la philologie a été dénoncé à plusieurs reprises[30]. Enfin, le problème des aspects « pathologiques » (altération de la personnalité par l'effet des drogues et alcools ? existence d'une maladie mentale, la schizophrénie ?) n'a cessé de susciter des « pathographies[31] », plus ou moins « scientifiques » ; la « psychologie des profondeurs[32] » tout comme la psychanalyse freudienne[33] ont tenté de déchiffrer les textes ; ces investigations peuvent mettre au jour des indices révélateurs de la psyché, mais elles ne permettent pas pour autant de ramener le langage poétique à un contenu décryptable et indubitable.

Face aux tentatives de fixer un sens, des investigations philologiques ont dégagé l'extrême mobilité des vocables trakléens, l'ambiguïté de la syntaxe, révélé l'existence des « variantes contradictoires[34] ». Elles en arrivent à décrire le langage poétique de Trakl comme un « jeu » de vocables, une « musique », voire un « montage » aléatoire ; il ne serait possible de dégager que des « structures » en dehors de toute considération de sens. Cette conception du lyrisme peut difficilement rendre compte de la dimension dramatique du vécu, de la détresse psychique du poète, de son effort désespéré de « donner forme », tout comme de son éthique de l' « expiation » et sa quête douloureuse de la « vérité ». En fait, les « variantes contradictoires » ne prouvent qu'une chose, c'est que Trakl ne se situe plus dans une représentation donnée du monde, qu'il n'y a plus guère de contenu arrêté au départ du poème. Mais un sens peut s'installer au fur et à mesure que s'établit la structure du poème. À partir du moment où il y a un poème achevé, il y a une primauté du texte définitif.

Les études trakléennes, depuis la publication d'une édition critique et historique (première édition en 1969), disposent d'un texte sûr et de certaines étapes de sa genèse, du moins dans la mesure du possible. De nouvelles investigations ne cessent de corriger ou de compléter ce travail, en s'attachant aux problèmes philologiques, tout comme à la connaissance biographique et historique. La voie est ouverte, plus que jamais, à une étude précise du *texte dans son contexte*. Il est permis de s'interroger autant sur la situation que sur la signification de ce langage, dans une optique historique, tenant compte de la polyvalence des mots et de l'ambiguïté de la syntaxe. Plus généralement, c'est de la relation entre la poésie et l'obscur, l'irrationnel, l' « a-normal » qu'il s'agit, c'est-à-dire d'un aspect caractéristique de toute l'évolution du lyrisme et qui suscite le problème de la communication poétique.

Situation historique

L'itinéraire de Trakl s'inscrit dans une situation historique qui devait aboutir à la Première Guerre mondiale (à laquelle le poète a donné la signification d'une apocalypse), dans le cadre géographique et culturel du vieil Empire austro-hongrois qui allait s'écrouler. Dans l'histoire littéraire, Trakl appartient à la « génération expressionniste » qui porte toute la véhémence de la protestation. Avec l'expressionnisme (dans la mesure où les différentes tendances se laissent réduire à un dénominateur commun) il partage la tension des deux pôles — *fragmentation* et *métamorphose* — suggérée en allemand par l'ambiguïté de la formule *Menschheitsdämmerung* (crépuscule/aube de l'humanité[35]), la « crise de génération », le refus de l'époque et de la civilisation (matérialiste, « bourgeoise »), la révélation de la « vérité » par la déformation de la réalité extérieure, l'attitude « visionnaire », la forte exigence éthique d'une

« conversion ». Il est animé du besoin de sauver le monde et du désir de se sacrifier. Nous pouvons évoquer le geste hautement symbolique de la « biche bleue » de Franz Marc (*Tierschicksale,* 1913), qui, par le sacrifice, veut s'opposer au cataclysme. Trakl est resté étranger à l'activisme littéraire (notamment la « révolution littéraire » des revues expressionnistes berlinoises) ; son lyrisme, plus contenu, intérieur, marque moins ostensiblement la nouvelle étape, et la dramatisation expressionniste n'apparaît que dans les derniers poèmes ; cependant, des correspondances thématiques et stylistiques sont repérables, surtout dans le sens du refus de la civilisation selon les conditions de l'époque. En même temps, la filiation *romantisme* (allemand), *symbolisme* (français), *expressionnisme* (allemand) est particulièrement tangible chez Trakl dont les « poètes frères » sont autant Novalis et Hölderlin que Verlaine et Rimbaud, même s'il faut tenir compte du prisme déformant de la traduction.

Ce qui se profile de la sorte, c'est l'histoire d'un langage poétique obscur, d'une situation dans un *écart* de plus en plus flagrant. Dans le cas de Trakl, cette situation est autant celle d'un *langage* poétique (qui s'écarte du langage commun[36]) que d'une *existence* poétique (qui s'écarte de l'existence commune). Le jeune poète, à Salzbourg, a signifié la rupture avec une certaine ostentation ; à l'époque de la maturité, la révolte s'est intériorisée, et le poète devait reconnaître dans l' « a-normalité » tout le sens tragique de son existence, comme le montre l'errance du « poète maudit ». Nous pouvons saisir dans cette continuité de la vie et de l'œuvre — cette *double* infraction : au code *linguistique* et au code *social* — l'authenticité même de la poésie de Trakl.

Hermétisme et protestation

L'analyse des thèmes de la *métamorphose* fait apparaître plusieurs directions : la nature, le christianisme, le

« chant » poétique « obscur ». La nature fournit des contre-images à la civilisation moderne de la ville « maudite », mais le thème du salut dans la nature tourne court, la nature étant elle-même marquée par le « mal ». Au christianisme se rattache l'éthique de la souffrance, mais le message chrétien a perdu sa force de salut ; le « christianisme » de Trakl est négatif, suscite d'emblée les images du « mal » et de la « faute », voire une sorte de satanisme (baudelairien), ou alors, dans l'œuvre majeure, le poète tente de réinterpréter les images chrétiennes de façon mythique (par exemple le Pain et le Vin, à l'instar de Hölderlin). Voici que se manifeste un « orphisme [37] » dont le moment clé est la métamorphose esthétique (musicale) de la souffrance. Dans *Gesang des Abgeschiedenen/Chant de l'Isolé*, l'*ordre* (« *Maß und Gesetz* ») est retrouvé dans l'*écart*. Trakl devient le poète de la « nuit », de la Réconciliation avec les « profondeurs » vitales. Telle est la direction la plus intime de sa nature secrète et de sa poésie. Dans les conditions données, la tentative ne peut se faire qu'aux zones extrêmes, celle du « chant obscur » et du « pavot », dans l'écart quasi absolu par rapport au langage rationnel et à la vie active. L'association de la poésie et de la drogue exprime ici la commune fonction (apaisement, réconciliation), la commune signification de refus. La biographie montre l'existence marginale du poète ; ses essais d'installation dans la vie bourgeoise ne pouvaient que tourner court. L'isolement du langage et la haute stylisation esthétique qui l'accompagne sont une réaction face aux conditions historiques. L'hermétisme est en quelque sorte la seule solution qui s'offre au poète « antibourgeois ». Cet hermétisme prend la signification historique d'une *protestation*. L'autre voie eût été celle du révolutionnaire tendu vers l'avenir, les forces sociales nouvelles. Par ses origines et plus encore par son tempérament introverti, sa révolte rentrée, sa conscience éthique et religieuse, son pessimisme foncier, il est évident que la foi activiste du révolutionnaire ne pouvait être celle de Trakl [38].

En remettant en question la métamorphose poétique

opérée dans l'« Isolement » par ce langage obscur, Trakl précipite sa fin. Nous pouvons y voir le désir de toucher le fond de l'abîme, un refus de toute fuite, la volonté d'affirmer et d'assumer dans son intégralité le poids de la « malédiction ». Un témoin rapporte la parole : « Je n'ai pas le droit de me soustraire à l'enfer[39]. » La poésie révèle une crise plus qu'elle n'incarne une espérance, mais le fait d'avoir situé le langage dans une ambiguïté riche de possibilités nouvelles est déjà une entreprise de salut. Une hyperesthésie de la conscience et un courage poétique singulier lui ont fait assumer ce qu'il considérait comme sa « faute ». Trakl plaide coupable. Le geste autobiographique veut dépasser le cas personnel tout comme la poétique tend vers l'« impersonnel » au nom de la « vérité ». En acceptant de prendre sur lui tout le « mal », le poète se désigne lui-même comme le bouc émissaire « maudit », et l'espérance désespérée est alors celle qui préside aux grands mythes et rites de la violence et du sacré[40]. Est-ce le geste d'un psychopathe qui n'a pas su se libérer de l'univers morbide de la faute ? d'une victime consentante de ses fantasmes suscités par le traumatisme de l'inceste ? Telle est la lecture du pathographe. L'enquête historique et littéraire attire l'attention sur la signification éthique — nourrie de lectures (Dostoïevski), de contacts et de discussions (Karl Borromaeus Heinrich, Ludwig von Ficker) — que Trakl attachait à l'acte poétique d'« expiation », sur la conscience aiguë du moment historique, de la catastrophe imminente (la guerre mondiale), qui impose à chacun de rentrer en soi-même et de voir quelle peut être sa contribution à l'exigence de l'heure[41].

De la communication poétique

Notre essai de communication n'est-il pas mis en question par la remarque du poète lui-même sur l'impossibilité de la communication ? « *Mitteilen könne man sich auch nicht mit Gedichten. Man kann sich überhaupt nicht mitteilen*[42]. » La fonction communicative du langage semble bien avoir disparu ; il ne resterait alors qu'une fonction expressive, manifestation pure de soi. N'est-ce pas sous cet aspect que se présentait à Trakl le modèle rimbaldien[43] ?

À la remarque sur l'impossibilité de la communication correspond l'aveu de l'impossibilité même de *dire.* « *Sprachlos* », « *unsäglich* » sont des leitmotive de ses lettres et de son œuvre. L'accumulation de variantes est significative, ainsi que l'amenuisement du poème au cours des versions successives (par exemple *Passion* et *Abendland / Occident*). On pense aux sculptures de Giacometti, qui rapetissent au cours de l'élaboration, ou qui deviennent plus minces, filiformes (spectres parfaitement trakléens, rongés de partout, figures évanescentes de l'homme du déclin). Ce qu'il montre, note un critique à propos de Giacometti, c'est l'impossibilité de montrer. Ce que dit Trakl, c'est l'impossibilité de dire. Or en un même mouvement se manifeste chez lui un sens aigu de la responsabilité du langage qui doit rester « juste » *(« gerecht »)* ; il résume son exigence poétique en termes bibliques : « rendre à la vérité ce qui est à la vérité » ; il invoque la force de vivre encore et d'agir dans le « vrai », c'est-à-dire la création poétique. Cette éthique du langage interdit tout abandon au premier jet : ne serait-ce pas faire trop confiance au langage ? Elle interdit aussi les excès subjectifs et les destructions volontaires, et c'est ici que Trakl se distingue de certains « expressionnistes » et « futuristes » de son époque et de leurs expériences-jeux linguistiques. Comment vivre encore ? Au poète la question se pose sous une forme plus flagrante : comment parler encore ? Il ne peut guère se contenter d'un procès du langage, voire d'un simple culte du silence. Dire ou ne pas dire, c'est être ou ne pas être. L'impératif de l'expression s'impose avec la force même du cri.

Revenons au contexte de la remarque sur l'impossibilité de la communication : la critique acerbe de la poésie goethéenne (c'est-à-dire du « je lyrique » traditionnel, de son « expérience vécue » et sa « confession ») qui établirait une communication « superficielle », « mensongère », « sentencieuse », « impudente », « diabolique » ! En même temps, Trakl reproche à Goethe d'être « sans cœur », de ne pas savoir « se donner ». La seule poésie qui ne soit pas « vaine » (qui puisse subsister face à l'Évangile) serait celle où le poète « verse tout son sang », et sans doute pouvons-nous reconnaître dans cette exigence extrême l'éthique de l' « expiation » selon le dernier aphorisme. Ce don de soi-même tend à dépasser l'hermétisme, tout comme l'accusation de soi-même tend à dépasser la protestation. Le poète doit être celui qui « se donne » entièrement : n'est-ce pas dans cette *charité* que doit résider l'espoir secret d'une communication véritable ? Et cette communication ne serait-elle pas le salut ? Elle marquerait du moins l'accomplissement de l'itinéraire poétique. Trakl, en tous les cas, cherchait à publier ses poèmes, ce qui en fait une tentative flagrante d'établir une communication[44].

La psychologie du langage nous l'apprend : « L'expression pure, dégagée de toute communication, demeure une fiction, car toute parole implique la visée d'autrui. Rompre le silence, fût-ce par un cri d'angoisse, ou par un chant sans paroles, c'est toujours s'adresser à quelqu'un, prendre à témoin, appeler à l'aide. Le pacte social de communication n'est jamais rompu que dans le sens d'une communication meilleure[45]. » Cette entreprise implique tout autant le lecteur, exige une participation qui vient activement continuer l'effort créateur. Précisons : le texte n'est pas pour autant un stimulus susceptible d'effets aléatoires selon les lecteurs, une espèce de test de Rorschach, où nous venons uniquement déchiffrer nos propres désirs, inscrire une signification qui est la nôtre. L'œuvre de Trakl est liée le plus intimement au drame de son existence. Lui-même ne semble avoir vu le salut d'une communication authentique que dans le don total. Pareille œuvre s'impose à nous avec une exigence singulière de « vérité » dans le dialogue et la connaissance.

L'absence complète et irrémédiable de la communication porte un nom : la folie. *Là où il y a communication, il n'y a pas folie.* Si la parole du poète se situe dans l'écart, si elle est celle d'un « fou » (et nous reconnaissons le poète Trakl dans la figure du « fou » qui traverse ses poèmes), nous réduisons l'écart par le dialogue et la connaissance ; non pas au sens de la récupération, car si nous prenons l'œuvre au sérieux, nous changeons pour notre humble part les conditions mêmes qui l'ont rejetée dans la « folie ». Et si la communication échoue, n'accusons pas le poète seulement. Nous avons notre part de responsabilité.

Adrien FINCK

NOTES

Nous renvoyons à l'édition critique et historique (cf. bibliographie) : indication du tome (chiffres romains) et de la page (chiffres arabes).

1. On retrouvera cet obscurcissement dans les lettres : « *Ich weiß nicht ob jemand den Zauber dieser Stadt so wie ich empfinden kann* » (I, 473), « *Wie dunkel ist diese vermorschte Stadt voll Kirchen und Bildern des Todes* » (I, 503)...

2. C'est bien cette impression de froid qui émane de la main maternelle dans le poème de l'enfance de Sébastien : « *an der frierenden Hand der Mutter* » (I, 88). L'œuvre présente également un obscurcissement significatif de l'image de la mère : « *in dunklen Zimmern versteinerte das Antlitz der Mutter* » (I, 147), tandis que monte la plainte de l'enfant : « *Niemand liebte ihn* » (I, 148).

3. Paroles rapportées par H. Limbach, cf. *Erinnerung an Georg Trakl*, p. 115.

4. « *Manchmal erinnerte er sich seiner Kindheit, erfüllt von Krankheit, Schrecken und Finsternis* » (I, 147)... De tels passages ne peuvent pas s'expliquer simplement par la biographie, mais relèvent d'une transformation poétique du vécu : dans le sens du mythe transfigurateur ou de la déformation hallucinatoire.

5. Référence principale : L. v. Ficker, dans une lettre confidentielle à un jeune chercheur (1934), livrée tard à la publication, dit avoir recueilli une confession dramatique de Margarethe (cf. L. v. Ficker, *Denkzettel und Danksagungen*, 1967). Cf. également les recherches de Th. Spoerri et O. Basil.

6. Relevons l'erreur des traducteurs français qui mettent « ma sœur » là où Trakl écrit « *die Schwester* ». Mais la langue allemande, qui conserve ici quelque chose d'archaïque et de hiératique, permet mieux l'emploi de l'article défini que le français où l'effet produit est plus insolite. Cf. « Georg Trakl en français », *Revue d'Allemagne*, avril-juin 1973.

7. L'épisode le plus énigmatique reste celui de la « fausse couche » de Margarethe en mars 1914 à Berlin où Georg s'est précipité à son chevet. L'hypothèse audacieuse d'une conséquence de l'inceste a été reprise par les enquêtes biographiques nouvelles, en rapport avec la nouvelle datation d'une lettre désespérée de Trakl à L. v. Ficker (I, 529 ; II, 868). Cf. E. Sauermann, *Zur Datierung und Interpretation von Texten Georg Trakls*, 1984.

8. Rappelons qu'une gouvernante était chargée d'enseigner le français aux enfants Trakl. Le biographe O. Basil, en se fondant sur le témoignage de la sœur aînée, Maria Geipel, affirme que le poète « parlait couramment le français ». Une carte postale (inédite) de 1897, écrite en français sous la houlette de « Mademoiselle » (la gouvernante alsacienne), prouve la connaissance du français (non sans alsacianismes) chez l'écolier qui signe « Georges ». Bien entendu, contrairement à une légende dont on trouve encore l'écho dans la monographie française de R. Rovini (1964), ce n'est pas la gouvernante qui pouvait initier le jeune Trakl aux « charmes perfides » des « poètes maudits » (on sait d'ailleurs qu'elle était très bigote). Dans l'œuvre, une seule formule est en français et comporte une faute d'orthographe : « Mauvaise music ! » (I, 209). Le poète a pu acquérir et lire quelques textes en français, mais les études trakléennes ont abondamment démontré que l'essentiel de l'influence s'est exercé à travers les traductions allemandes (Stefan George, Stefan Zweig, K. L. Ammer, etc.).

9. La revue *Der Brenner* avait été fondée par Ludwig von Ficker à Innsbruck en 1910. Durant la première partie de son existence, jusqu'à la Première Guerre mondiale, c'est-à-dire la période qui concerne la participation de Trakl, *Der Brenner* était un point de rencontre de tendances diverses, et l'on ne peut déceler qu'une opposition unanime à la civilisation moderne, matérialiste, à l'esprit « bourgeois ». *Der Brenner* peut alors être rapproché des revues expressionnistes qui naissent à la même époque. Après la guerre, la revue allait être caractérisée de plus en plus par une orientation chrétienne, notamment par la présence de Theodor Haecker, traducteur de Kierkegaard et promoteur d'un existentialisme chrétien. À l'époque de Trakl, le cercle du Brenner était animé, à côté de Ficker, par le philosophe (nietzschéen, vitaliste) Carl Dallago. Mais le poète était surtout lié à Ficker, puis aussi à Karl Borromaeus Heinrich, essayiste et romancier, confident et « frère », et Karl Röck, qui allait publier en 1919 l'œuvre de Trakl selon une ordonnance cyclique (l' « édition Röck »).

10. Trakl a dû connaître dès sa jeunesse à Salzbourg les fascicules

rouges de la revue au titre incendiaire, et c'est Karl Hauer, collaborateur de Kraus, qui a pu établir un premier contact. Il y a des relations étroites entre la revue de Kraus à Vienne et celle de Ficker à Innsbruck. En 1912, Trakl dédie à Kraus son poème le plus important à cette date, *Psalm*. La réponse de Kraus à la dédicace ne manque pas d'intérêt biographique : elle reconnaît en Trakl l' « enfant né trop tôt » (« *Siebenmonatskind* »), animé par la seule nostalgie du retour au sein maternel. Trakl a éprouvé cette interprétation comme une « douloureuse révélation » (I, 492). Par la suite, Trakl a rencontré Kraus à plusieurs reprises, et, lors d'une enquête sur Kraus organisée par *Der Brenner* en 1913, il exprime sa vénération dans le langage des images d'un bref poème de quatre vers (*Karl Kraus,* I, 123).

11. Cet éditeur et cette collection jouent un rôle essentiel dans l'histoire de l'expressionnisme allemand. Le recueil de Trakl était le n° 7-8 de la collection. Les six premiers numéros présentaient des textes de Werfel, Hasenclever, Kafka, Hardekopf, Hennings, Ehrenstein. Franz Werfel était alors lecteur chez Kurt Wolff. L'éditeur précisait dans une lettre à Trakl (II, 792) qu'il ne s'agissait pas de faire partie « d'un groupement ou d'une clique », mais que les textes de la collection avaient pour trait commun d'être « une expression forte et originale de l'époque » de la part de jeunes auteurs.

12. Kokoschka élaborait alors son tableau *Die Windsbraut* (aujourd'hui au musée de Bâle) et c'est Trakl qui a donné le titre au tableau, comme le peintre nous l'a confirmé personnellement (lettre du 13 mars 1967) : « *Wir lernten uns erst 1913 kennen, wohl aber hat er meinem Bild (Basel) den Titel* Windsbraut *gegeben. Als ich es malte, Spätherbst, im grauen verregneten Wien, auch ich in desperater Stimmung gleich wie er, kam er fast täglich zu mir, sah mir zu. Wir sprachen wenig, liebten uns aber sehr.* » C'est à cette rencontre de Kokoschka que l'on peut faire remonter un essai pictural de Trakl, l'étrange autoportrait exécuté au retour de Vienne, sans doute fin novembre 1913, dans l'atelier du peintre Max von Esterle à Innsbruck. On y reconnaît la manière de la peinture expressionniste : emploi irréel et violent des couleurs, déformation dramatique des formes, expression d'une réalité intérieure. Le portrait se trouve au mémorial Trakl à Salzbourg.

13. Ces documents biographiques relatifs à l'internement puis à la mort de Trakl ont été réunis dans l'édition critique et historique, II, 728 sq.

14. Le témoignage de L. v. Ficker se trouve dans le volume biographique *Erinnerung an Georg Trakl*, 1926, réédité, et dans le recueil d'essais et discours de Ficker, *Denkzettel und Danksagungen.*

15. Peut-être aussi une autre « pièce pour marionnettes », perdue, mais mentionnée par l'ami de jeunesse Buschbeck : *Kaspar Hauser* (II, 851). Le genre de la « pièce pour marionnettes » est caractéristique du symbolisme français (Maeterlinck).

16. Les traducteurs français de l'édition Gallimard (*Œuvres complètes,* 1972), M. Petit et J.-C. Schneider, ont déduit de cette « impersonnalité » leur concept de « neutralité », tout en occultant, de façon significative, l'aspect « visionnaire ». Mais très intéressant est le rapprochement avec Rimbaud, les lettres du « voyant » : « Je est un autre », « Le poète se fait *voyant* par un long, immense et raisonné *dérèglement de tous les sens* », « Cette langue sera de l'âme pour l'âme »... Cette correspondance approfondit l'influence rimbaldienne, bien connue, l'emprunt de formules et vocables, tout comme une certaine imitation biographique de Rimbaud. Elle ne doit pas faire perdre de vue la spécificité du problème chez Trakl à partir des nécessités expressives du vécu tout comme des différences introduites par la réception en pays germanophones. Cf. R. Colombat, *Rimbaud-Heym-Trakl,* essais de description comparée.

17. Voici ce texte parfois incertain, cité d'après une dactylographie du journal de K. Röck *(Tagebuch 1891-1946)*, publiée en 1976 dans la collection « Brenner Studien » : *« 27. VI. 1912 Abends mit Trakl in der Stehbierhalle* [..] *insbesondere über Goethe im Gegensatz zu Jesus, Mörike. Er sprach ihm alle Höhe ab, dafür aber eine ungemein erstaunliche Weite ; gleiche so dem Weibe. Sei ganz oberflächlich, bleibe überall an der Oberfläche. Sei herzlos. Seine Art Lüge* [*lüge ?*], *teuflisch (ich dachte an Loki). Er sei kein echter Dichter, habe sich nicht daran gegeben wie Mörike. Wie Liliencron, der sich verblutet habe an seinen Stoffen. Goethe habe niemals, auch nicht als junger Mann neurasthenisch gedichtet, Liliencron schon. Alles Gedichtemachen sei nichts ; was brauche man Gedichte und Welt als Wille und Vorstellung, wenn man das Evangelium habe. Ein paar Worte des Evangeliums habe mehr Leben und Menschenkenntnis als all diese Gedichte : " Selig sind die Armen im Geiste, denn ihrer ist das Himmelreich. " Daneben seien die Dichter so überflüssig, so dumm, so* [*... ?*]. *Alle Dichter sind eitel und Eitelkeit sei widerlich. Die Wahrhaftigkeit billigt er Goethe zu. Daß er diese trotzdem habe, das sei seine Größe. Mitteilen könne man sich auch nicht mit Gedichten. Man kann sich überhaupt nicht mitteilen. Das sei alles Ausspruch. Goethe sei schamlos oft ; voll Ausspruch, voll Bekenntnis und doch gab er sich der Sinnlichkeit hin. Bei Liliencron sei dies anders. Mörike unschuldsvoll... »*

18. Le commentaire oral de Trakl, rapporté par L. v. Ficker (*Denkzettel und Danksagungen,* p. 226) renforce encore cette nuance, comme si le poète (surtout face à l'attitude éthique de Ficker) se sentait obligé d'enlever de nouveau à la poésie cette quasi-justification : « *Aber freilich, fügte er, als ich fragend aufsah, hinzu : kein Gedicht kann Sühne sein für eine Schuld.* » Le récit de H. Limbach (in *Erinnerung an Georg Trakl,* p. 116) témoigne également de la méfiance de Trakl envers la satisfaction que la création poétique peut donner : « *Ob ihm denn z. B. sein Schaffen gar keine Befriedigung verleihe ? Doch — gab Trakl zu — aber man muß gegen diese Befriedigung mißtrauisch sein.* »

19. Sur l'histoire de l'édition du recueil, cf. l'édition critique et historique, à laquelle il faut ajouter les recherches nouvelles de H. Zwerschina, *Die Chronologie der Dichtungen Georg Trakls* (1990). En ce qui concerne le titre : rien ne permet de substituer au titre *Gedichte* celui de *Dämmerung und Verfall,* traduit par *Crépuscule et Déclin,* comme le font les traducteurs français de l'édition Gallimard. Avant la dernière mise au point du recueil, dans une lettre à l'éditeur Kurt Wolff d'avril 1913, Trakl écrit : « *Wenn Sie der Gedichtsammlung einen anderen Titel gegeben wissen wollen, so schlage ich Ihnen jenen vor, den die Sammlung ursprünglich trug " Dämmerung und Verfall ". Ich glaube, daß er alles Wesentliche ausdrückt* » (I, 511). Si ce titre exprime pour Trakl l' « essentiel », il n'en est pas moins pour lui à ce moment un pis-aller, au cas où l'éditeur le désire. D'ailleurs, il n'est pas sûr que *Dämmerung und Verfall* ait été le premier titre : il semble plutôt avoir été introduit au cours des péripéties de l'édition sur le conseil de K. B. Heinrich (cf. II, 578). Le titre simple et sobre *Gedichte* convient assurément mieux aux poèmes de la maturité.

20. Il s'agit de *Verfall* et *Musik im Mirabell,* dans le recueil de 1909 : *Herbst* et *Farbiger Herbst.*

21. Dans l'histoire littéraire allemande apparaît une relation avec la crise enregistrée par Hugo von Hofmannsthal en 1901 (*Lettre de lord Chandos*) : « *Es zerfiel mir alles in Teile, die Teile wieder in Teile, und nichts mehr ließ sich mit einem Begriff umspannen.* » Trakl *vit* ce que Hofmannsthal *décrit.* C'est ce qui sépare d'emblée le texte de Hofmannsthal, une lettre fictive, empruntant un masque historique (qui fournit en même temps la distance salvatrice), de la confession bouleversante de Trakl dans une lettre réelle suscitée par un événement biographique : « *wenn einem die Welt entzweibricht* » (I, 529).

22. Sur les difficultés de traduction de ces mots clés, cf. « Trakl en français », p. 313 sq.

23. Nous renvoyons encore à l'édition critique et historique ainsi qu'aux recherches de H. Zwerschina.

24. Dans le premier cycle, le poème éponyme est exactement au milieu ; dans les trois cycles suivants, il se situe à la dernière place ou à l'avant-dernière. On a pu relever quelques préoccupations arithmétiques, par exemple le jeu du nombre 7 (la disposition 7 + 1 + 7). L'ordonnance cyclique n'est pas sans rappeler l'esthétique symboliste, Stefan George, et c'est à ce modèle *(Der siebente Ring)* que se réfère K. Röck qui semble avoir été plus ou moins à l'origine de cette organisation du recueil (cf. *Erinnerung an Georg Trakl,* p. 216 sq.) et qui, en 1919, publiera l'ensemble de l'œuvre selon ce principe. Le titre, l'évocation (onirique) du bel éphèbe martyr, qui pouvait être lié chez Trakl au souvenir de Salzbourg (II, 559), est présent de façon significative dans les lettres et les arts de D'Annunzio/Debussy à Rilke.

25. Soulignons que cette organisation n'est pas chronologique. La

place de *Traum und Umnachtung* est d'autant plus significative que ce poème en prose est antérieur (janvier 1914) à *Gesang des Abgeschiedenen.*

26. L'enquête biographique met ces poèmes en relation avec la « fausse couche » de Margarethe et avec le séjour de Trakl à Berlin, printemps 1914, la lettre de la *fragmentation* (« *wenn einem die Welt entzweibricht* ») à L. v. Ficker. Telle serait alors l'origine biographique de la violence dramatique de cette dernière « manière ».

27. Le retour à la forme dramatique pourrait être le signe d'une influence des « drames-cris » de Kokoschka, suite à la rencontre en novembre 1913 à Vienne. Un volume, *Dramen und Bilder,* réunissant *Mörder Hoffnung der Frauen, Der brennende Dornbusch* et *Sphinx und Strohmann,* a paru en 1913. Il s'agit d'actions brutales (viol, meurtre), de psychodrames où se libèrent des conflits affectifs, où apparaissent des personnages mythifiés qui s'expriment dans un état second, dans une langue exclamative et elliptique. Ces caractéristiques se retrouvent chez Trakl.

28. Cf. les termes d'une lettre de janvier 1914 : « *Zwischen Trübsinn und Trunkenheit verloren, fehlt mir die Kraft und Lust eine Lage zu verändern, die sich täglich unheilvoller gestaltet, bleibt nur mehr der Wunsch, ein Gewitter möchte hereinbrechen und mich reinigen oder zerstören* » (I, 532).

29. Cf. la première tentative d'interprétation des poèmes : E. Lachmann, *Kreuz und Abend,* 1954 *(Trakl-Studien I).* L'interprétation chrétienne s'est fondée plus particulièrement sur une formule autobiographique attribuée à Trakl par le récit de H. Limbach (cf. *Erinnerung an Georg Trakl,* p. 117) : « *Ich bin Christ.* » Il faut signaler que la pleine authenticité de ce document biographique est contestée.

30. Dès 1956 par W. Muschg *(Die Zerstörung der deutschen Literatur)* et W. H. Rey (« Heidegger-Trakl, einstimmiges Zwiegespräch », *Deutsche Vierteljahrsschrift für Literaturwissenschaft und Geistesgeschichte,* 1956). Heidegger a trouvé un écho singulier en France, c'est la traduction de l'essai de Heidegger (1953) par J. Beaufret et W. Bockmeier dans la *Nouvelle Revue française* (janvier-février 1958) qui a fortement marqué la réception. Cf. A. Finck, « Trakl in Frankreich », in *Trakl-Forum 1987.*

31. Dès 1954, Th. Spoerri : *Georg Trakl. Strukturen in Persönlichkeit und Werk. Eine psychiatrisch-anthropologische Untersuchung.*

32. H. Goldmann, *Katabasis. Eine tiefenpsychologische Studie zur Symbolik der Dichtungen Georg Trakls,* 1957 *(Trakl-Studien IV).* Une analyse remarquable a également été entreprise par E. Neumann, « Georg Trakl. Person und Mythos », in *Der schöpferische Mensch,* 1959.

33. Cf. notamment l'ouvrage récent de G. Kleefeld, *Das Gedicht als Sühne. Georg Trakls Dichtung und Krankheit. Eine psychoanalytische Studie,* 1985.

34. Les « variantes contradictoires » ont été révélées par l'édition

critique et historique. Elles ont surtout été valorisées par W. Killy, *Über Georg Trakl*, 1967.

35. *Menschheitsdämmerung* . titre de l'anthologie historique du lyrisme expressionniste publiée en 1920 par K. Pinthus (rééditée en 1959). On se reportera à l'introduction de K. Pinthus, document clé pour la compréhension de l'expressionnisme.

36. Sur cette notion d' « écart », cf. J. Cohen, *Structure du langage poétique*, Paris, 1966.

37. Cf. le chapitre « Les images d'Orphée et de Narcisse » dans le livre de Herbert Marcuse, *Éros et Civilisation*, Paris, 1968. Selon Marcuse, le monde orphique et narcissique est celui de la « rédemption du plaisir », c'est « le silence, le sommeil, la nuit ». Les images d'Orphée et de Narcisse, dans notre civilisation, sont alors forcément « irréelles », « impossibles », elles sont liées « au monde souterrain et à la mort ». Ce sont des archétypes d'une autre relation existentielle avec la réalité extérieure : d'une relation qui englobe le « milieu », qui intègre le moi et le monde. L'opposition entre l'homme et la nature, le sujet et l'objet, est dépassée. L'être est vécu comme l' « apaisement qui unit l'homme et la nature de telle sorte que l'accomplissement de l'homme est en même temps l'accomplissement sans violence de la nature ». Le *chant*, le *jeu*, la *beauté*, la *contemplation* sont les points cardinaux du monde d'Orphée et de Narcisse. C'est dans le sens de cet « orphisme » que nous pouvons interpréter le « chant obscur » et la « douce folie », la « nuit » et le « pavot ».

38. L'analyse faite par Jean-Paul Sartre (dans *Qu'est-ce que la littérature ?*) de la situation de l'écrivain en France dans la société bourgeoise autour de 1900 pourrait aussi éclairer la situation de Trakl : Sartre décrit le type de l'écrivain antibourgeois, « révolté » mais non pas « révolutionnaire » ; Sartre parle alors d'une « esthétique d'opposition et de ressentiment » : l'écrivain « souhaite conserver l'ordre social pour pouvoir s'y sentir un étranger à demeure ». La même idée revient dans l'essai sur Baudelaire : « Mais précisément il s'agit d'une révolte, non pas d'un acte révolutionnaire. Le révolutionnaire veut changer le monde, il le dépasse vers l'avenir, vers un ordre de valeurs qu'il invente ; le révolté a soin de maintenir intacts les abus dont il souffre pour pouvoir se révolter contre eux. Il y a toujours en lui les éléments d'une mauvaise conscience et comme un sentiment de culpabilité. » La protestation poétique ne marquerait donc qu'une pseudo-rupture ? Mais le poète conserve une tension qui dépasse le social, qui concerne la dimension sociale *et psychique*, matérielle *et spirituelle* de l'homme. Et la question se pose si ce n'est pas de *cette* protestation que vient la plus grande force d'inquiétude.

39. H. Limbach, in *Erinnerung an Georg Trakl*, p. 117.

40. Cf. R. Girard, *La Violence et le Sacré*, Paris, 1972.

41. « ... *Weil jetzt jeder sein Haus in Ordnung bringen muß, damit ihn das große Wehe, das über alle kommen wird, wohlbereitet finde.* » K. B. Heinrich, *Confiteor*, in *Der Brenner*, 1913, p. 627. Ce texte est

explicite : il ne s'agit pas de juger les autres, mais de s'accuser soi-même, attitude plus responsable que l'accusation de la société ou la fuite hors de cette société.

42. Cf. note 17.

43. Cf. la préface de St. Zweig à la traduction des poèmes de Rimbaud par K. L. Ammer (1907) : « *Auf Verständlichkeit durfte einer leicht verzichten, der seine Verse nicht für Zeitschriften und Bücher schrieb, wie Rimbaud, der nur seine innere Spannung entladen wollte.* »

44. Il ressort d'autres documents, comme le témoignage de B. Brehm (*Heimat ist Arbeit,* 1934), que Trakl était anxieusement suspendu à la question de la « compréhension » de son lyrisme. Trakl : « *Wären Sie unbeschwert, verstünden Sie meine Gedichte nicht.* » Le poète, pour fonder l'acte de communication, fait appel, par-delà le langage, à une même expérience (du « poids » de la douleur, de l'angoisse) chez son interlocuteur. Lorsque celui-là avoue franchement qu'il ne « comprend » pas, il lui demande : pourquoi lisez-vous des poèmes ? Il répète : « *Verstehen Sie gar nichts ?* » Et plus loin, douloureusement : « *Aus den Gedichten hören Sie die Klage, aber Sie verstehen mich auch nicht.* »

45. G. Gusdorf, *La Parole,* Paris, 1960, p. 53.

POÉSIES

Gedichte

DIE RABEN

Über den schwarzen Winkel hasten
Am Mittag die Raben mit hartem Schrei.
Ihr Schatten streift an der Hirschkuh vorbei
Und manchmal sieht man sie mürrisch rasten.

O wie sie die braune Stille stören,
In der ein Acker sich verzückt,
Wie ein Weib, das schwere Ahnung berückt,
Und manchmal kann man sie keifen hören

Um ein Aas, das sie irgendwo wittern,
Und plötzlich richten nach Nord sie den Flug
Und schwinden wie ein Leichenzug
In Lüften, die von Wollust zittern.

LES CORBEAUX

Au-dessus du coin noir s'affairent
À midi les corbeaux au cri dur.
Leur ombre effleure la biche
Et parfois on les voit, bougons, se poser.

Ô comme ils troublent le brun silence
Dans lequel un labour s'exalte
Comme femme charmée d'un lourd pressentiment,
Et parfois on entend leurs querelles

Pour une charogne qu'ils flairent quelque part,
Puis soudain ils mettent cap au nord
Et disparaissent tel un convoi mortuaire
Dans les airs qui tremblent de volupté.

DIE JUNGE MAGD

Ludwig von Ficker zugeeignet

1

Oft am Brunnen, wenn es dämmert,
Sieht man sie verzaubert stehen
Wasser schöpfen, wenn es dämmert.
Eimer auf und nieder gehen.

In den Buchen Dohlen flattern
Und sie gleichet einem Schatten.
Ihre gelben Haare flattern
Und im Hofe schrein die Ratten.

Und umschmeichelt von Verfalle
Senkt sie die entzundenen Lider.
Dürres Gras neigt im Verfalle
Sich zu ihren Füßen nieder.

2

Stille schafft sie in der Kammer
Und der Hof liegt längst verödet.
Im Hollunder vor der Kammer
Kläglich eine Amsel flötet.

Silbern schaut ihr Bild im Spiegel
Fremd sie an im Zwielichtscheine
Und verdämmert fahl im Spiegel
Und ihr graut vor seiner Reine.

Traumhaft singt ein Knecht im Dunkel
Und sie starrt von Schmerz geschüttelt.
Röte träufelt durch das Dunkel.
Jäh am Tor der Südwind rüttelt.

LA JEUNE SERVANTE

Pour Ludwig von Ficker

1

On la voit souvent dans le crépuscule
Comme ensorcelée près de la fontaine
Pour tirer de l'eau dans le crépuscule.
Les seaux dans le puits plongent et remontent.

Parmi les fayards, les choucas voltigent.
La jeune servante semble être une ombre.
Ses cheveux jaunes dans le soir voltigent
Tandis que les rats dans la cour clabaudent.

Caressée des vents de la pourriture
Elle a refermé ses yeux enflammés.
Les herbes flétries par la pourriture
Se sont inclinées jusques à ses pieds.

2

Elle va et vient calme dans la chambre,
La cour est déserte depuis longtemps.
Dans le sureau qui ombrage sa chambre
Un merle plaintif module son chant.

Son reflet s'argente dans le miroir.
Reflet étranger dans le clair-obscur,
Et s'éteint livide dans le miroir
Dont la pureté angoisse son cœur.

Un valet rêveur chante dans le noir,
La douleur la fige et la bouleverse.
Une rougeur goutte à travers le noir
Et le vent du sud à la porte claque.

3

Nächtens übern kahlen Anger
Gaukelt sie in Fieberträumen.
Mürrisch greint der Wind im Anger
Und der Mond lauscht aus den Bäumen.

Balde rings die Sterne bleichen
Und ermattet von Beschwerde
Wächsern ihre Wangen bleichen.
Fäulnis wittert aus der Erde.

Traurig rauscht das Rohr im Tümpel
Und sie friert in sich gekauert.
Fern ein Hahn kräht. Übern Tümpel
Hart und grau der Morgen schauert.

4

In der Schmiede dröhnt der Hammer
Und sie huscht am Tor vorüber.
Glührot schwingt der Knecht den Hammer
Und sie schaut wie tot hinüber.

Wie im Traum trifft sie ein Lachen;
Und sie taumelt in die Schmiede,
Scheu geduckt vor seinem Lachen,
Wie der Hammer hart und rüde.

Hell versprühn im Raum die Funken
Und mit hilfloser Geberde
Hascht sie nach den wilden Funken
Und sie stürzt betäubt zur Erde.

5

Schmächtig hingestreckt im Bette
Wacht sie auf voll süßem Bangen
Und sie sieht ihr schmutzig Bette
Ganz von goldnem Licht verhangen,

3

La nuit à travers les prés dénudés
Elle erre bercée de rêves fiévreux.
Le vent grogne et geint aux prés dénudés
Et la lune guette à travers les arbres.

Bientôt à l'entour les astres pâlissent
Tandis que lassées par le poids des peines
Ses cireuses joues encor plus pâlissent.
De la terre monte un air de pourri.

Tristement le jonc râle au bord des mares.
Recroquevillée le froid la saisit.
Chant lointain d'un coq. Au-dessus des mares
Le jour dur et gris s'éveille et frissonne.

4

Chez le forgeron sonne le marteau.
Devant le portail elle passe et glisse.
Le valet en feu brandit le marteau
Et comme une morte elle le contemple.

Comme en rêve elle est frappée par un rire ;
Dans la forge elle entre et son pas titube,
Elle se soumet peureuse à son rire
Dur et brutal ainsi que le marteau.

Joyeuses crépitent les étincelles.
En un mouvement triste de détresse
Elle attrape les folles étincelles
Et tout étourdie elle tombe au sol.

5

Rongée d'amour étendue sur sa couche,
Une douce angoisse l'a réveillée
Pour apercevoir sa sordide couche
Tout illuminée de tentures d'or,

Die Reseden dort am Fenster
Und den bläulich hellen Himmel.
Manchmal trägt der Wind ans Fenster
Einer Glocke zag Gebimmel.

Schatten gleiten übers Kissen,
Langsam schlägt die Mittagsstunde
Und sie atmet schwer im Kissen
Und ihr Mund gleicht einer Wunde.

6

Abends schweben blutige Linnen,
Wolken über stummen Wäldern,
Die gehüllt in schwarze Linnen.
Spatzen lärmen auf den Feldern.

Und sie liegt ganz weiß im Dunkel.
Unterm Dach verhaucht ein Girren.
Wie ein Aas in Busch und Dunkel
Fliegen ihren Mund umschwirren.

Traumhaft klingt im braunen Weiler
Nach ein Klang von Tanz und Geigen,
Schwebt ihr Antlitz durch den Weiler,
Weht ihr Haar in kahlen Zweigen.

Les résédas au rebord des fenêtres
Et cette bleuâtre clarté du ciel.
Et parfois le vent apporte aux fenêtres
Le tintement hésitant d'une cloche.

Des ombres se glissent sur l'oreiller.
Lentement midi à l'horloge sonne.
Son souffle suffoque dans l'oreiller,
Sa bouche ressemble à une blessure.

6

Dans le soir du sang flotte avec des linges,
Nuées au-dessus de forêts muettes
Qui se drapent dans la noirceur de linges.
Des moineaux bruyants dans les prés jacassent.

Elle est couchée là blanche dans le noir.
Sous le toit frémit un roucoulement.
Comme sur charogne en les halliers noirs
Des mouches tournoient autour de sa bouche.

Résonne rêveur dans le brun hameau
Un écho de danses et de violons,
Flotte son visage par le hameau,
Soufflent ses cheveux dans les branches nues.

ROMANZE ZUR NACHT

Einsamer unterm Sternenzelt
Geht durch die stille Mitternacht.
Der Knab aus Träumen wirr erwacht,
Sein Antlitz grau im Mond verfällt.

Die Närrin weint mit offnem Haar
Am Fenster, das vergittert starrt.
Im Teich vorbei auf süßer Fahrt
Ziehn Liebende sehr wunderbar.

Der Mörder lächelt bleich im Wein,
Die Kranken Todesgrausen packt.
Die Nonne betet wund und nackt
Vor des Heilands Kreuzespein.

Die Mutter leis' im Schlafe singt.
Sehr friedlich schaut zur Nacht das Kind
Mit Augen, die ganz wahrhaft sind.
Im Hurenhaus Gelächter klingt.

Beim Talglicht drunt' im Kellerloch
Der Tote malt mit weißer Hand
Ein grinsend Schweigen an die Wand.
Der Schläfer flüstert immer noch.

ROMANCE NOCTURNE

Un solitaire au clair d'étoiles
S'en va dans la calme minuit.
L'enfant s'éveille ivre de rêves,
Ses traits croulent gris dans la lune.

La folle geint cheveux au vent
À la fenêtre grillagée.
Sur le lac vont en douce errance
Des amoureux, étrangement.

L'assassin blême rit au vin,
L'effroi de mort point les malades.
La nonne prie, meurtrie et nue,
Devant la croix de son Sauveur.

La mère chantonne en sommeil.
L'enfant regarde dans la nuit
De ses yeux vrais, paisiblement.
Dans le bordel sonnent les rires.

À la chandelle dans la cave
Le défunt peint d'une main blanche
Au mur un ricanant silence.
Le dormeur chuchote toujours.

IM ROTEN LAUBWERK VOLL GUITARREN...

Im roten Laubwerk voll Guitarren
Der Mädchen gelbe Haare wehen
Am Zaun, wo Sonnenblumen stehen.
Durch Wolken fährt ein goldner Karren.

In brauner Schatten Ruh verstummen
Die Alten, die sich blöd umschlingen.
Die Waisen süß zur Vesper singen.
In gelben Dünsten Fliegen summen.

Am Bache waschen noch die Frauen.
Die aufgehängten Linnen wallen.
Die Kleine, die mir lang gefallen,
Kommt wieder durch das Abendgrauen.

Vom lauen Himmel Spatzen stürzen
In grüne Löcher voll Verwesung.
Dem Hungrigen täuscht vor Genesung
Ein Duft von Brot und herben Würzen.

DANS LA FRONDAISON ROUGE OÙ CHANTENT LES GUITARES

Dans la frondaison rouge où chantent les guitares,
La jaune chevelure au vent des jeunes filles
Couronne la clôture où sont les tournesols.
Une charrette d'or traverse les nuages.

Dans la paix des ombres brunes, des vieillards
Se taisent et niaisement s'étreignent.
Le chant des orphelins, si doux, célèbre vêpres.
Dans de jaunes vapeurs bourdonnent les mouches.

Les lavandières au ruisseau lavent encore.
Les linges étendus ondulent.
La fille qui longtemps me plut
Revient à travers les affres du soir.

Du haut du ciel tiède, des moineaux tombent
Dans des trous verts pleins de pourri.
Aux sens de l'affamé, mirage qui guérit,
Monte un parfum de pain et d'épices amères.

MUSIK IM MIRABELL

Ein Brunnen singt. Die Wolken stehn
Im klaren Blau, die weißen, zarten.
Bedächtig stille Menschen gehn
Am Abend durch den alten Garten.

Der Ahnen Marmor ist ergraut.
Ein Vogelzug streift in die Weiten.
Ein Faun mit toten Augen schaut
Nach Schatten, die ins Dunkel gleiten.

Das Laub fällt rot vom alten Baum
Und kreist herein durchs offne Fenster.
Ein Feuerschein glüht auf im Raum
Und malet trübe Angstgespenster.

Ein weißer Fremdling tritt ins Haus.
Ein Hund stürzt durch verfallene Gänge.
Die Magd löscht eine Lampe aus,
Das Ohr hört nachts Sonatenklänge.

MUSIQUE À MIRABELL

Une fontaine chante. Les nuages sont,
Frêles et blancs, dans la clarté du bleu.
Pensifs, silencieux, hommes et femmes
Traversent dans le soir le vieux parc.

Le marbre des aïeux est devenu tout gris.
Un vol de migrateurs s'enfuit vers les lointains.
Un faune observe de ses yeux morts
Des ombres glissant aux ténèbres.

Les feuilles tombent, rouges du vieil arbre,
Entrent en tournoyant par la fenêtre ouverte.
Le reflet d'une flamme éclate dans la pièce,
Peignant de troubles cauchemars.

Un étranger blanc pénètre en la demeure.
Un chien bondit par les couloirs vétustes.
La servante souffle une lampe,
L'oreille entend la nuit des accords de sonate.

MELANCHOLIE DES ABENDS

— Der Wald, der sich verstorben breitet —
Und Schatten sind um ihn, wie Hecken.
Das Wild kommt zitternd aus Verstecken,
Indes ein Bach ganz leise gleitet

Und Farnen folgt und alten Steinen
Und silbern glänzt aus Laubgewinden.
Man hört ihn bald in schwarzen Schlünden —
Vielleicht, daß auch schon Sterne scheinen.

Der dunkle Plan scheint ohne Maßen,
Verstreute Dörfer, Sumpf und Weiher,
Und etwas täuscht dir vor ein Feuer.
Ein kalter Glanz huscht über Straßen.

Am Himmel ahnet man Bewegung,
Ein Heer von wilden Vögeln wandern
Nach jenen Ländern, schönen, andern.
Es steigt und sinkt des Rohres Regung.

MÉLANCOLIE DU SOIR

La forêt qui défunte s'étend —
Et des ombres la cernent, comme des haies.
Le gibier quitte en tremblant ses refuges
Tandis qu'un ru glisse tout bas,

Suivant des fougères et de vieilles pierres
Et scintille argenté à travers le feuillage.
On l'entend bientôt dans des gouffres noirs —
Peut-être que déjà brillent aussi des astres.

La plaine sombre semble illimitée,
Villages dispersés, marais, étangs,
Un je-ne-sais-quoi te fait croire à un feu.
Un éclat froid sur des routes se glisse.

Au ciel se devine une agitation,
Une armée de migrateurs prend son essor
Vers ces pays là-bas, autres et beaux pays.
Et monte et retombe le rythme des joncs.

WINTERDÄMMERUNG

An Max von Esterle

Schwarze Himmel von Metall.
Kreuz in roten Stürmen wehen
Abends hungertolle Krähen
Über Parken gram und fahl.

Im Gewölk erfriert ein Strahl;
Und vor Satans Flüchen drehen
Jene sich im Kreis und gehen
Nieder siebenfach an Zahl.

In Verfaultem süß und schal
Lautlos ihre Schnäbel mähen.
Häuser dräu'n aus stummen Nähen;
Helle im Theatersaal.

Kirchen, Brücken und Spital
Grauenvoll im Zwielicht stehen.
Blutbefleckte Linnen blähen
Segel sich auf dem Kanal.

CRÉPUSCULE D'HIVER

À Max von Esterle

Noirs ciels de métal.
Croix en rouges ouragans soufflent
Des corneilles ivres de faim
Sur les parcs blêmes et moroses.

Un rayon gèle dans les nuages ;
Et les blasphèmes de Satan
Les font tourner en rond et puis
Se poser, au nombre de sept.

Dans du pourri douceâtre et fade
Leurs becs fauchent en silence.
Menaces des maisons en muettes proximités ;
Illuminée, la salle du théâtre.

Églises, ponts et hôpitaux
Se dressent affreux dans le clair-obscur.
Linges ensanglantés se gonflent
Des voiles sur le canal.

RONDEL

Verflossen ist das Gold der Tage,
Des Abends braun und blaue Farben :
Des Hirten sanfte Flöten starben
Des Abends blau und braune Farben
Verflossen ist das Gold der Tage.

RONDEAU

Il s'est enfui l'or de nos jours,
Enfuis les bruns, les bleus du soir :
Mortes les flûtes du pastour
Enfuis les bleus, les bruns du soir
Il s'est enfui l'or de nos jours.

FRAUENSEGEN

Schreitest unter deinen Frau'n
Und du lächelst oft beklommen :
Sind so bange Tage kommen.
Weiß verblüht der Mohn am Zaun.

Wie dein Leib so schön geschwellt
Golden reift der Wein am Hügel.
Ferne glänzt des Weihers Spiegel
Und die Sense klirrt im Feld.

In den Büschen rollt der Tau,
Rot die Blätter niederfließen.
Seine liebe Frau zu grüßen
Naht ein Mohr dir braun und rauh.

MATERNITÉ BÉNIE

Parmi tes femmes tu t'avances,
Ton sourire souvent s'angoisse :
Ils sont venus, les jours de peur.
Blanc sur la haie le pavot meurt.

Comme ton corps au si beau gonflement
La vigne d'or mûrit sur la colline.
Scintille au loin le miroir de l'étang
Et crisse la faux dans les champs.

Aux buissons perle la rosée,
Rouges les feuilles à terre coulent.
Pour saluer sa chère femme
Un Maure, fauve et rude s'approche.

DIE SCHÖNE STADT

Alte Plätze sonnig schweigen.
Tief in Blau und Gold versponnen
Traumhaft hasten sanfte Nonnen
Unter schwüler Buchen Schweigen.

Aus den braun erhellten Kirchen
Schaun des Todes reine Bilder,
Großer Fürsten schöne Schilder.
Kronen schimmern in den Kirchen.

Rösser tauchen aus dem Brunnen.
Blütenkrallen drohn aus Bäumen.
Knaben spielen wirr von Träumen
Abends leise dort am Brunnen.

Mädchen stehen an den Toren,
Schauen scheu ins farbige Leben.
Ihre feuchten Lippen beben
Und sie warten an den Toren.

Zitternd flattern Glockenklänge,
Marschtakt hallt und Wacherufen.
Fremde lauschen auf den Stufen.
Hoch im Blau sind Orgelklänge.

Helle Instrumente singen.
Durch der Gärten Blätterrahmen
Schwirrt das Lachen schöner Damen.
Leise junge Mütter singen.

Heimlich haucht an blumigen Fenstern
Duft von Weihrauch, Teer und Flieder.
Silbern flimmern müde Lider
Durch die Blumen an den Fenstern.

LA BELLE VILLE

Vieilles places dans le soleil et le silence.
Profondément tramées d'or et de bleu,
Rêveuses se hâtent de douces nonnes
Sous les hêtres lourds de silence.

Dans la brune clarté des églises
Guettent de la mort les images pures,
Les beaux blasons de grands princes ;
Couronnes chatoyant dans les églises.

Coursiers cabrés dans la fontaine.
Griffes de fleurs menaçant dans les arbres.
Des garçons jouent ivres de rêves
Tout bas le soir à la fontaine.

Des filles debout près des portes
Guettent effarouchées les couleurs de la vie.
Leurs lèvres humides frémissent,
Elles attendent près des portes.

Volent au vent les cloches qui résonnent,
Rythme martial, appel des sentinelles.
Des étrangers écoutent sur les marches.
Haut dans le bleu l'orgue résonne.

De lumineux instruments chantent.
Dans le cadre feuillu des jardins
Fuse le rire de belles dames.
De jeunes mères tout bas chantent.

Senteur secrète aux fenêtres fleuries
De l'encens, du goudron, du lilas.
Scintillement d'argent de paupières lassées
À travers les fenêtres fleuries.

IN EINEM VERLASSENEN ZIMMER

Fenster, bunte Blumenbeeten,
Eine Orgel spielt herein.
Schatten tanzen an Tapeten,
Wunderlich ein toller Reihn.

Lichterloh die Büsche wehen
Und ein Schwarm von Mücken schwingt.
Fern im Acker Sensen mähen
Und ein altes Wasser singt.

Wessen Atem kommt mich kosen?
Schwalben irre Zeichen ziehn.
Leise fließt im Grenzenlosen
Dort das goldne Waldland hin.

Flammen flackern in den Beeten.
Wirr verzückt der tolle Reihn
An den gelblichen Tapeten.
Jemand schaut zur Tür herein.

Weihrauch duftet süß und Birne
Und es dämmern Glas und Truh.
Langsam beugt die heiße Stirne
Sich den weißen Sternen zu.

DANS UNE CHAMBRE ABANDONNÉE

Fenêtres, parterres vifs,
Pénètre le chant de l'orgue.
Des ombres dansent au mur,
Ronde folle étrangement.

Flambant clair les buissons volent,
Un essaim de mouches vibre.
Dans le champ les faux moissonnent
Et une eau ancienne chante.

Qui de son souffle m'effleure ?
Signes fous des hirondelles.
Dans l'infini tout bas coule
La grande forêt dorée.

Flammes flambent aux parterres.
La folle ronde s'exalte
Sur le mur au papier jaune.
Quelqu'un regarde à la porte.

Encens et poire fleurent bon,
Verre et bahut s'obscurcissent.
Lentement le front brûlant
Se penche aux étoiles blanches.

DER GEWITTERABEND

O die roten Abendstunden!
Flimmernd schwankt am offenen Fenster
Weinlaub wirr ins Blau gewunden,
Drinnen nisten Angstgespenster.

Staub tanzt im Gestank der Gossen.
Klirrend stößt der Wind in Scheiben.
Einen Zug von wilden Rossen
Blitze grelle Wolken treiben.

Laut zerspringt der Weiherspiegel.
Möven schrein am Fensterrahmen.
Feuerreiter sprengt vom Hügel
Und zerschellt im Tann zu Flammen.

Kranke kreischen im Spitale.
Bläulich schwirrt der Nacht Gefieder.
Glitzernd braust mit einem Male
Regen auf die Dächer nieder.

LE SOIR D'ORAGE

Ô les heures rouges du soir !
Chatoyant, la vigne folle à la fenêtre
Se balance tressée dans le bleu
Où nichent des spectres d'angoisse.

De la poussière danse aux caniveaux puants.
Le vent sur les vitres cliquette.
Coursiers sauvages, les nuages aveuglants
Sont pourchassés par les éclairs.

Le miroir de l'étang éclate.
Les mouettes crient aux cadres des fenêtres.
Le cavalier de feu, jailli de la colline,
S'écrase en flammes dans les sapins.

À l'hôpital glapissent les malades.
Bleuâtre siffle le plumage de la nuit.
Étincelante soudain tombe
La pluie sur les toits.

ABENDMUSE

Ans Blumenfenster wieder kehrt des Kirchturms Schatten
Und Goldnes. Die heiße Stirn verglüht in Ruh und
[Schweigen.
Ein Brunnen fällt im Dunkel von Kastanienzweigen —
Da fühlst du : es ist gut ! in schmerzlichem Ermatten.

Der Markt ist leer von Sommerfrüchten und Gewinden.
Einträchtig stimmt der Tore schwärzliches Gepränge.
In einem Garten tönen sanften Spieles Klänge,
Wo Freunde nach dem Mahle sich zusammenfinden.

Des weißen Magiers Märchen lauscht die Seele gerne.
Rund saust das Korn, das Mäher nachmittags geschnitten.
Geduldig schweigt das harte Leben in den Hütten ;
Der Kühe linden Schlaf bescheint die Stallaterne.

Von Lüften trunken sinken balde ein die Lider
Und öffnen leise sich zu fremden Sternenzeichen.
Endymion taucht aus dem Dunkel alter Eichen
Und beugt sich über trauervolle Wasser nieder.

MUSE DU SOIR

À la fenêtre en fleurs reviennent l'ombre du clocher
Et de l'or. Le front brûlant s'éteint en quiétude et silence.
Une fontaine choit dans le noir des châtaigniers —
Tu sens alors : comme c'est bon ! en douloureuse lassitude.

Le marché s'est vidé des fruits de l'été, des guirlandes.
La noirâtre splendeur des portails nous apaise.
Dans un jardin résonnent les accords d'un jeu tendre,
Où des amis après le repas se retrouvent.

L'âme écoute avec plaisir les contes du magicien blanc.
Alentour siffle le blé que les faucheurs l'après-midi coupèrent.
Patiente la rude vie se tait dans les chaumières ;
Le fanal de l'étable éclaire le doux sommeil des vaches.

Ivres de brises s'abaissent bientôt les paupières
Qui s'ouvrent tout bas à d'inconnus signes stellaires.
Endymion surgit du noir de vieux chênes
Et s'incline sur des eaux endeuillées.

TRAUM DES BÖSEN

Verhallend eines Gongs braungoldne Klänge —
Ein Liebender erwacht in schwarzen Zimmern
Die Wang' an Flammen, die im Fenster flimmern.
Am Strome blitzen Segel, Masten, Stränge.

Ein Mönch, ein schwangres Weib dort im Gedränge.
Guitarren klimpern, rote Kittel schimmern.
Kastanien schwül in goldnem Glanz verkümmern;
Schwarz ragt der Kirchen trauriges Gepränge.

Aus bleichen Masken schaut der Geist des Bösen.
Ein Platz verdämmert grauenvoll und düster;
Am Abend regt auf Inseln sich Geflüster.

Des Vogelfluges wirre Zeichen lesen
Aussätzige, die zur Nacht vielleicht verwesen.
Im Park erblicken zitternd sich Geschwister

RÊVE DU MAL

Échos d'or brun d'un gong qui se meurent —
Un qui aime s'éveille en la noirceur des chambres,
Joue appuyée aux flammes qui dansent à la fenêtre.
Scintillent sur le fleuve voiles, mâts et cordages.

Là-bas dans la cohue un moine, une femme enceinte.
Des guitares cliquettent, des blouses rouges luisent.
Des châtaigniers s'étiolent lourds dans l'éclat d'or ;
Noire jaillit la splendeur triste des églises.

Sous des masques blêmes guette l'esprit du mal.
Une place s'obscurcit, effroyable et sinistre ;
Dans le soir sur des îles un murmure s'élève.

Des lépreux qui peut-être pourrissent dans la nuit
Lisent les signes fous qu'un vol d'oiseaux dessine.
Dans le parc frère et sœur en tremblant s'aperçoivent.

GEISTLICHES LIED

Zeichen, seltne Stickerein
Malt ein flatternd Blumenbeet.
Gottes blauer Odem weht
In den Gartensaal herein,
Heiter ein.
Ragt ein Kreuz im wilden Wein.

Hör' im Dorf sich viele freun,
Gärtner an der Mauer mäht,
Leise eine Orgel geht,
Mischet Klang und goldenen Schein,
Klang und Schein.
Liebe segnet Brot und Wein.

Mädchen kommen auch herein
Und der Hahn zum letzten kräht.
Sacht ein morsches Gitter geht
Und in Rosen Kranz und Reihn,
Rosenreihn
Ruht Maria weiß und fein.

Bettler dort am alten Stein
Scheint verstorben im Gebet,
Sanft ein Hirt vom Hügel geht
Und ein Engel singt im Hain,
Nah im Hain
Kinder in den Schlaf hinein.

CHANT SPIRITUEL

Signes et rares broderies
D'un ondoyant parterre en fleurs.
L'haleine bleue de Dieu pénètre
Dans le salon sur le jardin,
Gaiement pénètre.
Croix dressée dans la vigne vierge.

Entends la joie dans le village,
Le jardinier près du mur fauche,
Tout bas le chant d'un orgue passe,
Mêlant l'accord et l'éclat d'or,
Et l'éclat d'or.
Amour bénit le pain, le vin.

Entrent aussi des jeunes filles
Et le coq lance un dernier chant.
La grille vermoulue s'entrouvre
Et en couronne et rangs de roses,
En rangs de roses,
Marie fine et blanche repose.

Un mendiant sur la vieille pierre
Semble être mort dans sa prière,
Un pâtre tendrement descend la colline
Et un ange au bosquet chante,
Au bosquet chante
Pour faire dormir les enfants.

IM HERBST

Die Sonnenblumen leuchten am Zaun,
Still sitzen Kranke im Sonnenschein.
Im Acker mühn sich singend die Frau'n,
Die Klosterglocken läuten darein.

Die Vögel sagen dir ferne Mär',
Die Klosterglocken läuten darein.
Vom Hof tönt sanft die Geige her.
Heut keltern sie den braunen Wein.

Da zeigt der Mensch sich froh und lind.
Heut keltern sie den braunen Wein.
Weit offen die Totenkammern sind
Und schön bemalt vom Sonnenschein.

EN AUTOMNE

Les tournesols luisent à la clôture,
Des malades, muets, sont assis au soleil.
Les femmes dans le champ travaillent en chantant,
Accompagnées par les cloches du cloître.

Les oiseaux te disent un conte lointain,
Accompagnés par les cloches du cloître.
Dans la cour le violon résonne tendrement.
On presse aujourd'hui les grappes brunes.

L'homme alors se montre amène et gai.
On presse aujourd'hui les grappes brunes.
Grandes ouvertes sont les chambres des morts
Où le soleil met de belles peintures.

ZU ABEND MEIN HERZ

Am Abend hört man den Schrei der Fledermäuse.
Zwei Rappen springen auf der Wiese.
Der rote Ahorn rauscht.
Dem Wanderer erscheint die kleine Schenke am Weg.
Herrlich schmecken junger Wein und Nüsse.
Herrlich : betrunken zu taumeln in dämmernden Wald.
Durch schwarzes Geäst tönen schmerzliche Glocken.
Auf das Gesicht tropft Tau.

LE SOIR, MON CŒUR

On entend dans le soir crier les chauves-souris.
Deux chevaux noirs bondissent dans le pré.
L'érable rouge bruit.
Aux yeux du voyageur sur le chemin surgit l'auberge.
Splendeur du goût des noix, du vin nouveau.
Splendeur d'aller en titubant vers la forêt crépusculaire.
Par les branchages noirs tintent les cloches douloureuses.
La rosée perle sur le visage.

DIE BAUERN

Vorm Fenster tönendes Grün und Rot.
Im schwarzverräucherten, niederen Saal
Sitzen die Knechte und Mägde beim Mahl;
Und sie schenken den Wein und sie brechen das Brot.

Im tiefen Schweigen der Mittagszeit
Fällt bisweilen ein karges Wort.
Die Äcker flimmern in einem fort
Und der Himmel bleiern und weit.

Fratzenhaft flackert im Herd die Glut
Und ein Schwarm von Fliegen summt.
Die Mägde lauschen blöd und verstummt
Und ihre Schläfen hämmert das Blut.

Und manchmal treffen sich Blicke voll Gier,
Wenn tierischer Dunst die Stube durchweht,
Eintönig spricht ein Knecht das Gebet
Und ein Hahn kräht unter der Tür.

Und wieder ins Feld. Ein Grauen packt
Sie oft im tosenden Ährengebraus
Und klirrend schwingen ein und aus
Die Sensen geisterhaft im Takt.

LES PAYSANS

À la fenêtre tintent du rouge et du vert.
Dans la salle basse noircie par les ans
Servantes et valets sont installés à table ;
Et ils versent le vin et ils rompent le pain.

Dans le profond silence de midi
Tombe parfois une maigre parole.
Les champs ne sont qu'un seul éclat
Et le ciel de plomb, infini.

La flamme en l'âtre se contorsionne,
Et bourdonne un essaim de mouches.
Les filles écoutent, niaises et muettes,
Et le sang martèle leurs tempes.

Et parfois se croisent des yeux avides
Quand passe par la salle une touffeur bestiale.
Monotone un valet dit les actions de grâce,
Et un coq chante sur le seuil.

Puis de nouveau les champs. Une angoisse les point
Souvent dans le souffle rageur des épis
Et dans un clair cliquetis vont et viennent
Les faux, comme des spectres, en cadence.

ALLERSEELEN

An Karl Hauer

Die Männlein, Weiblein, traurige Gesellen,
Sie streuen heute Blumen blau und rot
Auf ihre Grüfte, die sich zag erhellen.
Sie tun wie arme Puppen vor dem Tod.

O! wie sie hier voll Angst und Demut scheinen,
Wie Schatten hinter schwarzen Büschen stehn.
Im Herbstwind klagt der Ungebornen Weinen,
Auch sieht man Lichter in der Irre gehn.

Das Seufzen Liebender haucht in Gezweigen
Und dort verwest die Mutter mit dem Kind.
Unwirklich scheinet der Lebendigen Reigen
Und wunderlich zerstreut im Abendwind.

Ihr Leben ist so wirr, voll trüber Plagen.
Erbarm' dich Gott der Frauen Höll' und Qual,
Und dieser hoffnungslosen Todesklagen.
Einsame wandeln still im Sternensaal.

JOUR DES MORTS

À Karl Hauer

Petits hommes, petites femmes, compagnons tristes,
Ils parent en ce jour de fleurs rouges et bleues
Leurs caveaux qui s'éclairent, timides.
Pauvres pantins devant la mort.

Ô ! qu'ils semblent ici humbles et angoissés,
Ombres debout derrière les buissons noirs.
Au vent d'automne se lamentent les non-nés,
Et l'on voit des lumières errer.

Le soupir des amants passe dans les ramures
Et là-bas se dissout la mère avec l'enfant.
Elle semble irréelle, la ronde des vivants,
Et dispersée bizarrement au vent du soir.

Si confuse est leur vie, pleine de tourments troubles.
Dieu, aie pitié du martyre et de l'enfer des femmes
Et des plaintes funèbres sans espoir.
Des solitaires en silence errent dans la salle constellée.

MELANCHOLIE

Bläuliche Schatten. O ihr dunklen Augen,
Die lang mich anschaun im Vorübergleiten.
Guitarrenklänge sanft den Herbst begleiten
Im Garten, aufgelöst in braunen Laugen.
Des Todes ernste Düsternis bereiten
Nymphische Hände, an roten Brüsten saugen
Verfallne Lippen und in schwarzen Laugen
Des Sonnenjünglings feuchte Locken gleiten.

MÉLANCOLIE

Ombres bleuâtres. Ô sombres yeux
Qui longuement en passant me regardent.
Doux échos de guitares accompagnent l'automne
Dans le jardin dissous en de brunes lessives.
Des mains de nymphe apprêtent les austères
Ténèbres de la mort, des lèvres écroulées
Tètent de rouges seins et en noires lessives
Glissent, moites, les boucles du jeune dieu solaire.

SEELE DES LEBENS

Verfall, der weich das Laub umdüstert,
Es wohnt im Wald sein weites Schweigen.
Bald scheint ein Dorf sich geisterhaft zu neigen.
Der Schwester Mund in schwarzen Zweigen flüstert.

Der Einsame wird bald entgleiten,
Vielleicht ein Hirt auf dunklen Pfaden.
Ein Tier tritt leise aus den Baumarkaden,
Indes die Lider sich vor Gottheit weiten.

Der blaue Fluß rinnt schön hinunter,
Gewölke sich am Abend zeigen;
Die Seele auch in engelhaftem Schweigen.
Vergängliche Gebilde gehen unter.

ÂME DE LA VIE

Décadence qui molle obscurcit le feuillage,
Habite en la forêt son immense silence.
Un village bientôt semble spectral s'incliner.
La bouche de la sœur dans les branches noires chuchote.

Le solitaire bientôt va disparaître.
Peut-être un berger sur de sombres sentiers.
Une bête tout bas sort des arcades d'arbres,
Tandis que les paupières s'emplissent de divinité.

Belle coule la rivière bleue,
Des nuages se montrent le soir ;
L'âme aussi en silence angélique.
D'éphémères images sombrent.

VERKLÄRTER HERBST

Gewaltig endet so das Jahr
Mit goldnem Wein und Frucht der Gärten.
Rund schweigen Wälder wunderbar
Und sind des Einsamen Gefährten.

Da sagt der Landmann : Es ist gut.
Ihr Abendglocken lang und leise
Gebt noch zum Ende frohen Mut.
Ein Vogelzug grüßt auf der Reise.

Es ist der Liebe milde Zeit.
Im Kahn den blauen Fluß hinunter
Wie schön sich Bild an Bildchen reiht —
Das geht in Ruh und Schweigen unter.

AUTOMNE TRANSFIGURÉ

L'année se meurt en sa toute-puissance
Dans les fruits du verger et dans l'or de la grappe.
Tout à l'entour les bois, en leur silence étrange,
Accompagnent le solitaire.

Le paysan alors dit : Tout est bien.
Et vous, cloches du soir lentes et douces,
Donnez-nous pour finir un allègre courage.
Un vol de migrateurs nous salue au passage.

C'est la saison clémente de l'amour.
En barque au fil de la rivière bleue,
Comme belle l'image à l'image s'ajoute —
Et tout sombre en quiétude et silence.

WINKEL AM WALD

An Karl Minnich

Braune Kastanien. Leise gleiten die alten Leute
In stilleren Abend; weich verwelken schöne Blätter.
Am Friedhof scherzt die Amsel mit dem toten Vetter,
Angelen gibt der blonde Lehrer das Geleite.

Des Todes reine Bilder schaun von Kirchenfenstern;
Doch wirkt ein blutiger Grund sehr trauervoll und düster.
Das Tor blieb heut verschlossen. Den Schlüssel hat der [Küster.
Im Garten spricht die Schwester freundlich mit Gespenstern.

In alten Kellern reift der Wein ins Goldne, Klare.
Süß duften Äpfel. Freude glänzt nicht allzu ferne.
Den langen Abend hören Kinder Märchen gerne;
Auch zeigt sich sanftem Wahnsinn oft das Goldne, Wahre.

Das Blau fließt voll Reseden; in Zimmern Kerzenhelle.
Bescheidenen ist ihre Stätte wohl bereitet.
Den Saum des Walds hinab ein einsam Schicksal gleitet;
Die Nacht erscheint, der Ruhe Engel, auf der Schwelle.

COIN DE FORÊT

À Karl Minnich

Châtaigniers bruns. Tout bas glissent les vieilles gens
Vers le soir pacifié ; moelleuses se fanent de belles feuilles.
Le merle au cimetière badine avec le cousin mort,
Le blond maître d'école accompagne Angèle.

Les pures images de la mort guettent dans les vitraux ;
Mais sur leur fond sanglant il n'est que deuil et ombre.
Le portail aujourd'hui resta fermé. Le sacristain en a la clé.
Dans le jardin la sœur converse aimablement avec des [spectres.

Dans de vieilles caves le vin en mûrissant devient or et clarté.
Les pommes fleurent bon. Non loin d'ici brille la joie.
En cette soirée longue les enfants aiment les contes ;
À la douce folie souvent se montrent l'or et la vérité.

Le bleu déborde de résédas ; clarté des bougies dans les [pièces.
À qui se contente de peu la place est prête.
À la lisière de la forêt un destin glisse solitaire ;
La nuit, ange de paix, apparaît sur le seuil.

IM WINTER

Der Acker leuchtet weiß und kalt.
Der Himmel ist einsam und ungeheuer.
Dohlen kreisen über dem Weiher.
Und Jäger steigen nieder vom Wald.

Ein Schweigen in schwarzen Wipfeln wohnt.
Ein Feuerschein huscht aus den Hütten.
Bisweilen schellt sehr fern ein Schlitten
Und langsam steigt der graue Mond.

Ein Wild verblutet sanft am Rain
Und Raben plätschern in blutigen Gossen.
Das Rohr bebt gelb und aufgeschossen.
Frost, Rauch, ein Schritt im leeren Hain.

EN HIVER

Éclat blanc et froid du labour.
Le ciel est une immense solitude.
Des choucas tournoient au-dessus de l'étang
Et des chasseurs descendent du bois.

Un silence habite les cimes noires.
La lueur d'un feu s'échappe des chaumières.
Parfois un traîneau sonnaille, très loin,
Et lentement monte la lune grise.

Au bord du champ un gibier tendrement perd son sang,
Corbeaux de patauger dans les flaques sanglantes.
Les joncs, montés et jaunes, tremblent.
Gel et fumée — un pas dans le bosquet désert.

IN EIN ALTES STAMMBUCH

Immer wieder kehrst du Melancholie,
O Sanftmut der einsamen Seele.
Zu Ende glüht ein goldener Tag.

Demutsvoll beugt sich dem Schmerz der Geduldige
Tönend von Wohllaut und weichem Wahnsinn.
Siehe! es dämmert schon.

Wieder kehrt die Nacht und klagt ein Sterbliches
Und es leidet ein anderes mit.

Schaudernd unter herbstlichen Sternen
Neigt sich jährlich tiefer das Haupt.

DANS UN VIEIL ALBUM

Toujours te revoici, mélancolie,
Douceur de l'âme solitaire.
L'ardeur d'un jour d'or se consume.

Humblement à son mal se soumet qui patiente
Plein d'harmonie sonore et de tendre folie.
Vois ! Le crépuscule déjà tombe.

Revient la nuit, pleure une âme mortelle
Et une autre souffre avec elle.

Frissonnante sous les astres de l'automne
La tête chaque année plus bas encore s'incline.

VERWANDLUNG

Entlang an Gärten, herbstlich, rotversengt :
Hier zeigt im Stillen sich ein tüchtig Leben.
Des Menschen Hände tragen braune Reben,
Indes der sanfte Schmerz im Blick sich senkt.

Am Abend : Schritte gehn durch schwarzes Land
Erscheinender in roter Buchen Schweigen.
Ein blaues Tier will sich vorm Tod verneigen
Und grauenvoll verfällt ein leer Gewand.

Geruhiges vor einer Schenke spielt,
Ein Antlitz ist berauscht ins Gras gesunken.
Hollunderfrüchte, Flöten weich und trunken,
Resedenduft, der Weibliches umspült.

MÉTAMORPHOSE

Le long de jardins, d'automne, calcinés rouges :
Ici se montre dans le calme une vie de labeur.
L'homme porte en ses mains des pampres bruns
Tandis qu'en son regard s'abîme une tendre douleur.

Le soir : des pas s'en vont par la campagne noire
Plus apparents dans le mutisme des hêtres rouges.
Un animal bleu devant la mort veut s'incliner
Et s'écroule effroyable un habit vide.

Une placidité devant l'auberge joue,
Une face, enivrée a chu dans l'herbe.
Fruits du sureau, flûtes moelleuses et grisées,
Parfum de réséda qui baigne une féminité.

KLEINES KONZERT

Ein Rot, das traumhaft dich erschüttert —
Durch deine Hände scheint die Sonne.
Du fühlst dein Herz verrückt vor Wonne
Sich still zu einer Tat bereiten.

In Mittag strömen gelbe Felder.
Kaum hörst du noch der Grillen Singen,
Der Mäher hartes Sensenschwingen.
Einfältig schweigen goldene Wälder.

Im grünen Tümpel glüht Verwesung.
Die Fische stehen still. Gotts Odem
Weckt sacht ein Saitenspiel im Brodem.
Aussätzigen winkt die Flut Genesung.

Geist Dädals schwebt in blauen Schatten,
Ein Duft von Milch in Haselzweigen.
Man hört noch lang den Lehrer geigen,
Im leeren Hof den Schrei der Ratten.

Im Krug an scheußlichen Tapeten
Blühn kühlere Violenfarben.
Im Hader dunkle Stimmen starben,
Narziß im Endakkord von Flöten.

PETIT CONCERT

Un rouge qui rêveur te bouleverse —
À travers tes mains brille le soleil.
Tu sens ton cœur qui s'émerveille
En silence s'ouvrir à un acte.

À midi affluent les champs jaunes.
À peine entends-tu le chant des grillons,
Le dur balancement des faux.
Les forêts d'or naïves se taisent.

Dans la flache verte brûle du pourri.
Poissons immobiles. L'haleine de Dieu, douce
Éveille en les vapeurs les accords d'une lyre.
Aux lépreux fait signe l'eau qui guérit.

L'esprit de Dédale en ombres bleues flotte,
Un parfum de lait dans les noisetiers.
On entend longtemps le maître d'école
Jouer du violon et les rats couiner
Dans la cour déserte.

Au café sur les horribles papiers peints
Éclosent les couleurs plus fraîches des violettes.
Querelle, de sombres voix moururent,
Narcisse dans l'accord final des flûtes.

MENSCHHEIT

Menschheit vor Feuerschlünden aufgestellt,
Ein Trommelwirbel, dunkler Krieger Stirnen,
Schritte durch Blutnebel; schwarzes Eisen schellt,
Verzweiflung, Nacht in traurigen Gehirnen:
Hier Evas Schatten, Jagd und rotes Geld.
Gewölk, das Licht durchbricht, das Abendmahl.
Es wohnt in Brot und Wein ein sanftes Schweigen
Und jene sind versammelt zwölf an Zahl.
Nachts schrein im Schlaf sie unter Ölbaumzweigen;
Sankt Thomas taucht die Hand ins Wundenmal.

HUMANITÉ

Exposée à des gouffres de feu, l'humanité,
Roulement de tambour, fronts de sombres guerriers,
Des pas dans un brouillard de sang ; métal noir qui résonne,
Désespérance et nuit dans la tristesse des cerveaux :
L'ombre d'Ève ici, la chasse, le rouge de l'argent.
Nuée transpercée de lumière, la Cène.
Dans le pain et le vin habite un doux silence
Et eux sont rassemblés au nombre de douze.
Ils crient la nuit dans leur sommeil sous l'olivier ;
Saint Thomas plonge la main dans la blessure.

DER SPAZIERGANG

1

Musik summt im Gehölz am Nachmittag.
Im Korn sich ernste Vogelscheuchen drehn.
Hollunderbüsche sacht am Weg verwehn;
Ein Haus zerflimmert wunderlich und vag.

In Goldnem schwebt ein Duft von Thymian,
Auf einem Stein steht eine heitere Zahl.
Auf einer Wiese spielen Kinder Ball,
Dann hebt ein Baum vor dir zu kreisen an.

Du träumst : die Schwester kämmt ihr blondes Haar,
Auch schreibt ein ferner Freund dir einen Brief.
Ein Schober flieht durchs Grau vergilbt und schief
Und manchmal schwebst du leicht und wunderbar.

2

Die Zeit verrinnt. O süßer Helios!
O Bild im Krötentümpel süß und klar;
Im Sand versinkt ein Eden wunderbar.
Goldammern wiegt ein Busch in seinem Schoß.

Ein Bruder stirbt dir in verwunschnem Land
Und stählern schaun dich deine Augen an.
In Goldnem dort ein Duft von Thymian.
Ein Knabe legt am Weiler einen Brand.

Die Liebenden in Faltern neu erglühn
Und schaukeln heiter hin um Stein und Zahl.
Aufflattern Krähen um ein ekles Mahl
Und deine Stirne tost durchs sanfte Grün.

LA PROMENADE

1

Une musique après midi fredonne dans la fûtaie.
Dans les blés virevoltent de graves épouvantails.
Des bouquets de sureaux sur le bord du chemin
Légers s'envolent dans un souffle ;
Une maison, étrange et floue se réduit en lumières.

Dans de l'or flotte une senteur de thym,
Sur une pierre on lit un chiffre allègre.
Sur une prairie des enfants jouent au ballon,
Alors un arbre devant toi se met à tournoyer.

Tu rêves : la sœur peigne ses cheveux blonds,
Un ami lointain t'écrit une lettre.
Une meule fuit à travers le gris, jaunie et tordue,
Et tu flottes parfois, léger et merveilleux.

2

Le temps coule. Ô doux Helios !
Ô reflet dans la mare aux crapauds doux et clair ;
Dans le sable s'abîme, merveilleux un Éden.
Un buisson berce dans son sein des bruants jaunes.

Un frère à toi se meurt dans un pays maudit
Et tes yeux sont d'acier, qui te regardent.
Dans de l'or là-bas une senteur de thym.
Un jeune garçon près du hameau allume un incendie.

Les amants brûlent de nouveau en papillons
Et se balancent allègres sur la pierre et le chiffre.
Des freux prennent leur vol pour un repas ignoble
Et ton front se déchaîne en la douceur du vert.

Im Dornenstrauch verendet weich ein Wild.
Nachgleitet dir ein heller Kindertag,
Der graue Wind, der flatterhaft und vag
Verfallne Düfte durch die Dämmerung spült.

3

Ein altes Wiegenlied macht dich sehr bang.
Am Wegrand fromm ein Weib ihr Kindlein stillt.
Traumwandelnd hörst du wie ihr Bronnen quillt.
Aus Apfelzweigen fällt ein Weiheklang.

Und Brot und Wein sind süß von harten Mühn.
Nach Früchten tastet silbern deine Hand.
Die tote Rahel geht durchs Ackerland.
Mit friedlicher Geberde winkt das Grün.

Gesegnet auch blüht armer Mägde Schoß,
Die träumend dort am alten Brunnen stehn.
Einsame froh auf stillen Pfaden gehn
Mit Gottes Kreaturen sündelos.

Dans le roncier, moelleux meurt un gibier.
Une claire journée d'enfance t'accompagne,
Le vent gris qui, volage et flou, balaie
De par le crépuscule des senteurs pourries.

3

Une berceuse d'autrefois te fait très peur.
Sur le bord du chemin, pieuse une femme allaite.
Somnambule du rêve, tu entends sourdre sa source.
Des branches de pommier tombe un accord sacré.

Et le pain et le vin sont doux de dures peines.
Ta main, d'argent cherche à tâtons des fruits.
Rachel la morte va à travers champs
Et la verdure fait des signes pacifiques.

Béni aussi le sein en fleurs des pauvres servantes
Qui attendent, rêveuses à la vieille fontaine.
Des solitaires suivent, joyeux des chemins calmes
En compagnie de créatures de Dieu, immaculées.

DE PROFUNDIS

Es ist ein Stoppelfeld, in das ein schwarzer Regen fällt.
Es ist ein brauner Baum, der einsam dasteht.
Es ist ein Zischelwind, der leere Hütten umkreist.
Wie traurig dieser Abend.

Am Weiler vorbei
Sammelt die sanfte Waise noch spärliche Ähren ein.
Ihre Augen weiden rund und goldig in der Dämmerung
Und ihr Schoß harrt des himmlischen Bräutigams.

Bei der Heimkehr
Fanden die Hirten den süßen Leib
Verwest im Dornenbusch.

Ein Schatten bin ich ferne finsteren Dörfern.
Gottes Schweigen
Trank ich aus dem Brunnen des Hains.

Auf meine Stirne tritt kaltes Metall
Spinnen suchen mein Herz.
Es ist ein Licht, das in meinem Mund erlöscht.

Nachts fand ich mich auf einer Heide,
Starrend von Unrat und Staub der Sterne.
Im Haselgebüsch
Klangen wieder kristallne Engel.

DE PROFUNDIS

Il y a un chaume sur quoi une pluie noire tombe.
Il y a un arbre brun qui se dresse là, solitaire.
Il y a le sifflement du vent qui tourbillonne
Autour des chaumières désertes.
Comme ce soir est triste.

À l'orée du hameau
La tendre orpheline glane encor quelques maigres épis.
Ses yeux, ronds et dorés pâturent au crépuscule
Et son sein attend l'époux céleste.

À leur retour
Les pâtres ont trouvé le tendre corps
Pourri dans le buisson de ronces.

Je suis une ombre loin des ténébreux villages.
Le silence de Dieu,
Je l'ai bu à la fontaine du bosquet.

Sur mon front suinte un métal froid
Des araignées cherchent mon cœur.
Il y a une lumière qui s'éteint dans ma bouche.

Je me suis retrouvé la nuit sur une lande
Figé par les ordures et la poussière d'astres.
Dans la coudraie
Tintèrent de nouveau des anges de cristal.

TROMPETEN

Unter verschnittenen Weiden, wo braune Kinder spielen
Und Blätter treiben, tönen Trompeten. Ein Kirchhofs-
[schauer.
Fahnen von Scharlach stürzen durch des Ahorns Trauer
Reiter entlang an Roggenfeldern, leeren Mühlen.

Oder Hirten singen nachts und Hirsche treten
In den Kreis ihrer Feuer, des Hains uralte Trauer,
Tanzende heben sich von einer schwarzen Mauer;
Fahnen von Scharlach, Lachen, Wahnsinn, Trompeten.

TROMPETTES

Sous des saules taillés où jouent des enfants bruns
Et où des feuilles volent, trompettes retentissent. Un frisson
[sépulcral.
Des drapeaux d'écarlate s'abattent dans le deuil des érables,
Cavaliers le long des seigles et des moulins déserts.

Ou bien la nuit des pâtres chantent, des cerfs pénètrent
Dans le cercle de leurs feux, deuil immémorial du bosquet,
Des danseurs se détachent sur une muraille noire ;
Drapeaux d'écarlate, rires, folie, trompettes.

DÄMMERUNG

Im Hof, verhext von milchigem Dämmerschein,
Durch Herbstgebräuntes weiche Kranke gleiten.
Ihr wächsern-runder Blick sinnt goldner Zeiten,
Erfüllt von Träumerei und Ruh und Wein.

Ihr Siechentum schließt geisterhaft sich ein.
Die Sterne weiße Traurigkeit verbreiten.
Im Grau, erfüllt von Täuschung und Geläuten,
Sieh, wie die Schrecklichen sich wirr zerstreun.

Formlose Spottgestalten huschen, kauern
Und flattern sie auf schwarz-gekreuzten Pfaden.
O! trauervolle Schatten an den Mauern.

Die andern fliehn durch dunkelnde Arkaden;
Und nächtens stürzen sie aus roten Schauern
Des Sternenwinds, gleich rasenden Mänaden.

CRÉPUSCULE

Dans la cour envoûtée par un reflet laiteux de crépuscule
Glissent de moelleux malades par les bruns de l'automne.
Leur œil rond et cireux revit des âges d'or
Emplis de rêverie, de repos et de vin.

Le mal qui les dévore se referme spectral.
Les étoiles diffusent une tristesse blanche.
Dans le gris plein d'illusion et de sonneries
Vois-les, horribles, s'égailler dans la confusion.

Caricatures informes qui se faufilent, s'accroupissent
Et voltigent sur des chemins qui tracent des croix noires.
Ô ombres endeuillées tout au long des murailles.

Les autres fuient par les arcades qui s'obscurcissent ;
Et jaillissent de nuit des frissons rouges
Du vent stellaire, telles des ménades déchaînées.

HEITERER FRÜHLING

1

Am Bach, der durch das gelbe Brachfeld fließt,
Zieht noch das dürre Rohr vom vorigen Jahr.
Durchs Graue gleiten Klänge wunderbar,
Vorüberweht ein Hauch von warmem Mist.

An Weiden baumeln Kätzchen sacht im Wind,
Sein traurig Lied singt träumend ein Soldat.
Ein Wiesenstreifen saust verweht und matt,
Ein Kind steht in Konturen weich und lind.

Die Birken dort, der schwarze Dornenstrauch,
Auch fliehn im Rauch Gestalten aufgelöst.
Hell Grünes blüht und anderes verwest
Und Kröten schliefen durch den jungen Lauch.

2

Dich lieb ich treu du derbe Wäscherin.
Noch trägt die Flut des Himmels goldene Last.
Ein Fischlein blitzt vorüber und verblaßt;
Ein wächsern Antlitz fließt durch Erlen hin.

In Gärten sinken Glocken lang und leis
Ein kleiner Vogel trällert wie verrückt.
Das sanfte Korn schwillt leise und verzückt
Und Bienen sammeln noch mit ernstem Fleiß.

Komm Liebe nun zum müden Arbeitsmann!
In seine Hütte fällt ein lauer Strahl.
Der Wald strömt durch den Abend herb und fahl
Und Knospen knistern heiter dann und wann.

PRINTEMPS SEREIN

1

Au bord du ru qui coule en la jachère jaune
Pousse encore le roseau sec de l'an dernier.
Se glissent dans le gris de merveilleux accords,
Passe un souffle de fumier chaud.

Le lent balancement des chatons dans les saules,
Un soldat rêveur chante sa chanson triste.
Une bande de pré sous le vent siffle, lasse,
Moelleux et doux, les contours d'un enfant.

Et les bouleaux là-bas, le roncier noir,
S'enfuient aussi dans la fumée des silhouettes diluées.
Un vert clair qui fleurit, un autre qui pourrit,
Les crapauds se faufilent dans le poireau nouveau.

2

Mon amour t'est fidèle, ô rude lavandière.
Les flots portent encor le fardeau d'or du ciel.
L'éclair vif d'un poisson scintille et disparaît ;
Un visage cireux coule à travers les aulnes.

Dans les jardins, lentes et basses sombrent les cloches
Un petit oiseau lance ses trilles démentiels.
Le tendre blé se gonfle léger, extasié,
Et l'abeille butine encore gravement.

Il est temps que tu viennes au travailleur lassé,
Amour ! En sa chaumière tombe un rayon tiède.
Le bois déferle dans le soir, rude et livide
Et les bourgeons çà et là craquent clair.

3

Wie scheint doch alles Werdende so krank!
Ein Fieberhauch um einen Weiler kreist;
Doch aus Gezweigen winkt ein sanfter Geist
Und öffnet das Gemüte weit und bang.

Ein blühender Erguß verrinnt sehr sacht
Und Ungebornes pflegt der eignen Ruh.
Die Liebenden blühn ihren Sternen zu
Und süßer fließt ihr Odem durch die Nacht.

So schmerzlich gut und wahrhaft ist, was lebt;
Und leise rührt dich an ein alter Stein:
Wahrlich! Ich werde immer bei euch sein.
O Mund! der durch die Silberweide bebt.

3

Comme tout devenir pourtant semble malade !
La fièvre encercle de son souffle le hameau ;
Mais dans les branches un tendre esprit fait signe
Et ouvre l'âme, vaste et peureuse.

Une florissante effusion, très légère s'écoule
Et ce qui n'est pas né veille sur son repos.
Les amants s'ouvrent comme fleurs à leurs étoiles
Et plus suave passe leur haleine dans la nuit.

Tout ce qui vit est vrai et bon à faire mal.
Tout bas t'émeut une vieille inscription :
En vérité ! Je serai avec vous pour toujours.
Ô bouche ! qui frémit de par l'argent du saule.

VORSTADT IM FÖHN

Am Abend liegt die Stätte öd und braun,
Die Luft von gräulichem Gestank durchzogen.
Das Donnern eines Zugs vom Brückenbogen —
Und Spatzen flattern über Busch und Zaun.

Geduckte Hütten, Pfade wirr verstreut,
In Gärten Durcheinander und Bewegung,
Bisweilen schwillt Geheul aus dumpfer Regung,
In einer Kinderschar fliegt rot ein Kleid.

Am Kehricht pfeift verliebt ein Rattenchor.
In Körben tragen Frauen Eingeweide,
Ein ekelhafter Zug voll Schmutz und Räude,
Kommen sie aus der Dämmerung hervor.

Und ein Kanal speit plötzlich feistes Blut
Vom Schlachthaus in den stillen Fluß hinunter.
Die Föhne färben karge Stauden bunter
Und langsam kriecht die Röte durch die Flut.

Ein Flüstern, das in trübem Schlaf ertrinkt.
Gebilde gaukeln auf aus Wassergräben,
Vielleicht Erinnerung an ein früheres Leben,
Die mit den warmen Winden steigt und sinkt.

Aus Wolken tauchen schimmernde Alleen,
Erfüllt von schönen Wägen, kühnen Reitern.
Dann sieht man auch ein Schiff auf Klippen scheitern
Und manchmal rosenfarbene Moscheen.

BANLIEUE SOUS LE FŒHN

Le soir, l'endroit est brun et désolé,
L'air traversé d'une grisâtre puanteur.
L'arche du pont renvoie le tonnerre d'un train —
Et des moineaux voltigent sur le buisson et sur la haie.

Chaumières blotties, sentes folles qui se dispersent,
Dans les jardins fouillis et mouvement,
Un hurlement parfois monte d'un sourd tumulte,
Dans un groupe d'enfants vole une robe rouge.

Chœur de rats amoureux sifflant dans les poubelles.
Des femmes portent des abats dans des paniers,
Cortège répugnant plein de crasse et de teigne,
Elles surgissent du crépuscule.

Puis un égout soudain crache un sang gras
Venu des abattoirs, dans la rivière calme.
Les fœhns avivent les couleurs des maigres arbrisseaux
Et lentement le rouge rampe par le flot.

Chuchotis qui se noie dans un trouble sommeil.
Des mirages surgissent de fossés pleins d'eau,
Peut-être souvenirs d'une vie antérieure,
Qui montent et retombent avec les chaudes brises.

Des allées scintillantes émergent des nuages,
Où se côtoient belles voitures et hardis cavaliers.
Puis on voit un bateau s'échouer sur des récifs
Et parfois des mosquées couleur de roses.

DIE RATTEN

In Hof scheint weiß der herbstliche Mond.
Vom Dachrand fallen phantastische Schatten.
Ein Schweigen in leeren Fenstern wohnt;
Da tauchen leise herauf die Ratten

Und huschen pfeifend hier und dort
Und ein gräulicher Dunsthauch wittert
Ihnen nach aus dem Abort,
Den geisterhaft der Mondschein durchzittert

Und sie keifen vor Gier wie toll
Und erfüllen Haus und Scheunen,
Die von Korn und Früchten voll.
Eisige Winde im Dunkel greinen.

LES RATS

Dans la cour brille blanche la lune d'automne.
Du bord du toit tombent des ombres fantastiques.
Un silence habite les fenêtres vides :
Alors sans bruit surgissent les rats

Qui se faufilent çà et là, sifflant,
Accompagnés d'une touffeur grisâtre
Venue des cabinets que spectrale la lune
Traverse d'un frisson

Et d'avidité ils couinent comme fous,
Envahissant la demeure et les granges
Pleines de grains et de fruits.
Des vents glacés geignent dans l'ombre.

TRÜBSINN

Weltunglück geistert durch den Nachmittag.
Baraken fliehn durch Gärtchen braun und wüst.
Lichtschnuppen gaukeln um verbrannten Mist,
Zwei Schläfer schwanken heimwärts, grau und vag.

Auf der verdorrten Wiese läuft ein Kind
Und spielt mit seinen Augen schwarz und glatt.
Das Gold tropft von den Büschen trüb und matt.
Ein alter Mann dreht traurig sich im Wind.

Am Abend wieder über meinem Haupt
Saturn lenkt stumm ein elendes Geschick.
Ein Baum, ein Hund tritt hinter sich zurück
Und schwarz schwankt Gottes Himmel und entlaubt.

Ein Fischlein gleitet schnell hinab den Bach;
Und leise rührt des toten Freundes Hand
Und glättet liebend Stirne und Gewand.
Ein Licht ruft Schatten in den Zimmern wach.

SPLEEN

Le mal de l'univers hante l'après-midi.
Des baraques s'enfuient à travers les jardinets bruns et vides.
Des flammèches voltigent autour du fumier qu'on brûla,
Deux dormeurs rentrent chez eux en titubant, gris et flous.

Sur l'herbe sèche de la prairie un enfant court
Et joue avec ses yeux, lisses et noirs.
L'or s'égoutte des buissons, trouble et mat.
Un vieil homme tournoie tristement dans le vent.

Le soir, au-dessus de ma tête Saturne,
Muet, préside de nouveau à un sort misérable.
Un arbre, un chien fait demi-tour
Et noir titube le ciel de Dieu, et effeuillé.

Vif un petit poisson suit le cours du ruisseau ;
Légère frôle la main de l'ami mort
Et lisse avec amour le front et les habits.
Une lumière allume des ombres dans les pièces.

IN DEN NACHMITTAG GEFLÜSTERT

Sonne, herbstlich dünn und zag,
Und das Obst fällt von den Bäumen.
Stille wohnt in blauen Räumen
Einen langen Nachmittag.

Sterbeklänge von Metall;
Und ein weißes Tier bricht nieder.
Brauner Mädchen rauhe Lieder
Sind verweht im Blätterfall.

Stirne Gottes Farben träumt,
Spürt des Wahnsinns sanfte Flügel.
Schatten drehen sich am Hügel
Von Verwesung schwarz umsäumt.

Dämmerung voll Ruh und Wein;
Traurige Guitarren rinnen.
Und zur milden Lampe drinnen
Kehrst du wie im Traume ein.

MURMURÉ À L'APRÈS-MIDI

Mince soleil hésitant de l'automne,
Et les fruits tombent des arbres.
Un calme habite des pièces bleues
Toute une longue après-midi.

Accords funèbres de métal ;
Et s'affaisse une bête blanche.
Rauques chansons de filles brunes
Qu'emporte la chute des feuilles.

Front qui rêve les couleurs de Dieu
Perçoit les douces ailes de la folie.
Ombres tournoient sur la colline
Ourlées de noir par la dissolution.

Crépuscule plein de calme et de vin ;
Fluidité si triste des guitares.
Et vers la lampe bienveillante
Tu reviens comme en un rêve.

PSALM

Karl Kraus zugeeignet

Es ist ein Licht, das der Wind ausgelöscht hat.
Es ist ein Heidekrug, den am Nachmittag ein Betrunkener
[verläßt.
Es ist ein Weinberg, verbrannt und schwarz mit Löchern voll
[Spinnen.
Es ist ein Raum, den sie mit Milch getüncht haben.
Der Wahnsinnige ist gestorben. Es ist eine Insel der Südsee,
Den Sonnengott zu empfangen. Man rührt die Trommeln.
Die Männer führen kriegerische Tänze auf.
Die Frauen wiegen die Hüften in Schlinggewächsen und
[Feuerblumen,
Wenn das Meer singt. O unser verlorenes Paradies.

Die Nymphen haben die goldenen Wälder verlassen.
Man begräbt den Fremden. Dann hebt ein Flimmerregen an.
Der Sohn des Pan erscheint in Gestalt eines Erdarbeiters,
Der den Mittag am glühenden Asphalt verschläft.
Es sind kleine Mädchen in einem Hof in Kleidchen von
[herzzerreißender Armut!
Es sind Zimmer, erfüllt von Akkorden und Sonaten.
Es sind Schatten, die sich vor einem erblindeten Spiegel
[umarmen.
An den Fenstern des Spitals wärmen sich Genesende.
Ein weißer Dampfer am Kanal trägt blutige Seuchen herauf.

Die fremde Schwester erscheint wieder in jemands bösen
[Träumen.
Ruhend im Haselgebüsch spielt sie mit seinen Sternen.
Der Student, vielleicht ein Doppelgänger, schaut ihr lange
[vom Fenster nach.
Hinter ihm steht sein toter Bruder, oder er geht die alte
[Wendeltreppe herab.
Im Dunkel brauner Kastanien verblaßt die Gestalt des jungen
[Novizen.
Der Garten ist im Abend. Im Kreuzgang flattern die Fleder-
[mäuse umher.

PSAUME

Pour Karl Kraus

Il y a une lumière que le vent a éteinte.
Il y a une auberge sur la lande qu'après midi abandonne un [ivrogne.
Il y a un vignoble, noir et calciné aux fondrières pleines [d'araignées.
Il y a une chambre qu'ils ont badigeonnée de lait.
Le fou est mort. Il y a une île des mers du Sud
Pour accueillir le dieu solaire. Roulements de tambours.
Les hommes exécutent des danses guerrières.
Les femmes balancent les hanches en lianes et fleurs de feu
Quand la mer chante. Ô notre paradis perdu.

Les nymphes ont délaissé les forêts d'or.
On ensevelit l'étranger. Puis tombe une pluie scintillante.
Le fils de Pan apparaît en terrassier
Qui dort à midi sur l'asphalte brûlant.
Il y a des petites filles dans une cour en la misère déchirante de [leurs petites robes !
Il y a des chambres peuplées d'accords et de sonates.
Il y a des ombres qui s'enlacent devant un miroir aveuglé.
Aux fenêtres de l'hôpital se chauffent des convalescents.
Un blanc transatlantique remonte le canal, chargé d'épidé- [mies sanglantes.

La sœur étrangère reparaît dans les cauchemars de quelqu'un
Dont les étoiles lui sont jouet, reposant dans la coudraie.
L'étudiant, sosie peut-être, la suit longtemps des yeux du haut [de sa fenêtre.
Derrière lui se tient son frère mort, ou il descend le vieil [escalier tournant.
Dans l'ombre des châtaigniers bruns pâlit la silhouette du [jeune novice.
Le jardin est dans le soir. Dans le cloître voltigent les chauves- [souris.

Die Kinder des Hausmeisters hören zu spielen auf und suchen
[das Gold des Himmels.
Endakkorde eines Quartetts. Die kleine Blinde läuft zitternd
[durch die Allee,
Und später tastet ihr Schatten an kalten Mauern hin, umgeben
[von Märchen und heiligen Legenden.

Es ist ein leeres Boot, das am Abend den schwarzen Kanal
[heruntertreibt.
In der Düsternis des alten Asyls verfallen menschliche
[Ruinen.
Die toten Waisen liegen an der Gartenmauer.
Aus grauen Zimmern treten Engel mit kotgefleckten Flügeln.
Würmer tropfen von ihren vergilbten Lidern.
Der Platz vor der Kirche ist finster und schweigsam,
[wie in den Tagen der Kindheit.
Auf silbernen Sohlen gleiten frühere Leben vorbei
Und die Schatten der Verdammten steigen zu den seufzenden
[Wassern nieder.
In seinem Grab spielt der weiße Magier mit seinen Schlangen.

Schweigsam über der Schädelstätte öffnen sich Gottes goldene
[Augen.

Les enfants du concierge cessent de jouer et cherchent l'or du
[ciel.
Finale d'un quatuor. La petite aveugle court en tremblant
[dans l'allée,
Et son ombre plus tard tâtonne au long des murs froids,
[baignée de contes et de légendes saintes.

Il y a un bateau vide qui dans le soir descend le canal noir.
Dans les ténèbres du vieil asile croulent des ruines humaines.
Les orphelins morts gisent contre le mur du jardin.
Des chambres grises sortent des anges, ailes maculées de
[boue,
Paupières jaunies purulentes de vers.
La place de l'église est sombre et silencieuse comme aux jours
[de l'enfance.
Sur des semelles d'argent glissent des vies anciennes
Et les ombres des damnés descendent aux eaux soupirantes.
Dans son tombeau le blanc magicien joue avec ses serpents.

En silence au-dessus du calvaire s'ouvre l'œil d'or de Dieu.

ROSENKRANZLIEDER

AN DIE SCHWESTER

Wo du gehst wird Herbst und Abend,
Blaues Wild, das unter Bäumen tönt,
Einsamer Weiher am Abend.

Leise der Flug der Vögel tönt,
Die Schwermut über deinen Augenbogen.
Dein schmales Lächeln tönt.

Gott hat deine Lider verbogen.
Sterne suchen nachts, Karfreitagskind,
Deinen Stirnenbogen.

NÄHE DES TODES

O der Abend, der in die finsteren Dörfer der Kindheit geht.
Der Weiher unter den Weiden
Füllt sich mit den verpesteten Seufzern der Schwermut.

O der Wald, der leise die braunen Augen senkt,
Da aus des Einsamen knöchernen Händen
Der Purpur seiner verzückten Tage hinsinkt.

O die Nähe des Todes. Laß uns beten.
In dieser Nacht lösen auf lauen Kissen
Vergilbt von Weihrauch sich der Liebenden schmächtige
[Glieder.

AMEN

Verwestes gleitend durch die morsche Stube;
Schatten an gelben Tapeten; in dunklen Spiegeln wölbt
Sich unserer Hände elfenbeinerne Traurigkeit.

LES CHANTS DU ROSAIRE

À LA SŒUR

Là où tu vas suivent automne et soir,
Gibier bleu qui sous les arbres tinte,
Solitaire étang dans le soir.

Tout bas le vol des oiseaux tinte,
Lourde mélancolie sur tes sourcils galbés.
Ton mince sourire tinte.

Dieu t'a donné des paupières galbées.
Des astres, la nuit, enfant du vendredi saint,
De ton front cherchent le galbe.

PRÉSENCE DE LA MORT

Ô le soir qui s'en va vers les obscurs villages de l'enfance.
L'étang sous les saules
Se gonfle des fétides soupirs de la mélancolie.

Ô la forêt qui légère abaisse ses yeux bruns
Lors qu'un solitaire, de ses osseuses mains
Laisse sombrer la pourpre de ses jours extasiés.

Ô la présence de la mort. Prions.
Cette nuit se dénouent sur de tièdes coussins
Que l'encens a jaunis les membres frêles des amants.

AMEN

Dissolution glissant de par la chambre vermoulue ;
Ombres sur les papiers peints jaunes ; en de sombres miroirs
Se voûte de nos mains la tristesse ivoirine.

Braune Perlen rinnen durch die erstorbenen Finger.
In der Stille
Tun sich eines Engels blaue Mohnaugen auf.

Blau ist auch der Abend;
Die Stunde unseres Absterbens, Azraels Schatten,
Der ein braunes Gärtchen verdunkelt.

De brunes perles coulent entre les doigts défunts.
Dans le silence
S'ouvrent les yeux de pavot bleu d'une ange.

Bleu est aussi le soir ;
L'heure de notre mourir, ombre d'Azraël
Qui obscurcit un jardinet brun.

VERFALL

Am Abend, wenn die Glocken Frieden läuten,
Folg ich der Vögel wundervollen Flügen,
Die lang geschart, gleich frommen Pilgerzügen,
Entschwinden in den herbstlich klaren Weiten.

Hinwandelnd durch den dämmervollen Garten
Träum ich nach ihren helleren Geschicken
Und fühl der Stunden Weiser kaum mehr rücken.
So folg ich über Wolken ihren Fahrten.

Da macht ein Hauch mich von Verfall erzittern.
Die Amsel klagt in den entlaubten Zweigen.
Es schwankt der rote Wein an rostigen Gittern,

Indes wie blasser Kinder Todesreigen
Um dunkle Brunnenränder, die verwittern,
Im Wind sich fröstelnd blaue Astern neigen.

DÉCADENCE

Le soir quand les cloches sonnent la paix,
Je suis le vol sublime des oiseaux
Qui en longs essaims, tels de pieux pèlerins,
S'enfuient dans les lointains lumineux de l'automne.

Errant par le jardin crépusculaire,
Je rêve à leurs destins plus clairs
À peine conscient du battement des heures.
Je suis leur vol au-delà des nuages.

Un souffle alors de décadence me fait trembler.
Le merle gémit dans les branchages dépouillés.
Le cep rouge oscille aux treillis rouillés.

Et ronde macabre d'enfants blafards,
Autour des puits noirs dont les bords s'effritent,
Des asters frileux dans le vent s'inclinent.

IN DER HEIMAT

Resedenduft durchs kranke Fenster irrt;
Ein alter Platz, Kastanien schwarz und wüst.
Das Dach durchbricht ein goldener Strahl und fließt
Auf die Geschwister traumhaft und verwirrt.

Im Spülicht treibt Verfallnes, leise girrt
Der Föhn im braunen Gärtchen; sehr still genießt
Ihr Gold die Sonnenblume und zerfließt.
Durch blaue Luft der Ruf der Wache klirrt.

Resedenduft. Die Mauern dämmern kahl.
Der Schwester Schlaf ist schwer. Der Nachtwind wühlt
In ihrem Haar, das mondner Glanz umspült.

Der Katze Schatten gleitet blau und schmal
Vom morschen Dach, das nahes Unheil säumt,
Die Kerzenflamme, die sich purpurn bäumt.

AU PAYS NATAL

Parfum de réséda qui erre à la fenêtre
Malade ; vieille place, châtaigniers noirs et désolés.
Un rayon d'or perce le toit et fait couler
Le rêve et le flou sur le frère et la sœur.

L'eau de rinçage emporte du pourri, tout bas roucoule
Le fœhn dans le jardinet brun ; très calme goûte
Son or le tournesol et puis s'écoule.
Cliquette dans l'air bleu l'appel des sentinelles.

Parfum de réséda. La nudité crépusculaire des murailles.
Le sommeil de la sœur est lourd. Le vent nocturne
Fouille en sa chevelure baignée d'éclat lunaire.

L'ombre du chat, mince et bleue glisse
Du toit vermoulu ourlé d'un malheur proche.
Flamme de la bougie qui pourpre se cabre.

EIN HERBSTABEND

An Karl Röck

Das braune Dorf. Ein Dunkles zeigt im Schreiten
Sich oft an Mauern, die im Herbste stehn,
Gestalten : Mann wie Weib, Verstorbene gehn
In kühlen Stuben jener Bett bereiten.

Hier spielen Knaben. Schwere Schatten breiten
Sich über braune Jauche. Mägde gehn
Durch feuchte Bläue und bisweilen sehn
Aus Augen sie, erfüllt von Nachtgeläuten.

Für Einsames ist eine Schenke da ;
Das säumt geduldig unter dunklen Bogen,
Von goldenem Tabaksgewölk umzogen.

Doch immer ist das Eigne schwarz und nah.
Der Trunkne sinnt im Schatten alter Bogen
Den wilden Vögeln nach, die ferngezogen.

UN SOIR D'AUTOMNE

À Karl Röck

Le village brun. De l'obscur qui s'avance
Se découpe souvent sur les murs de l'automne,
Silhouettes : hommes et femmes, des morts s'en vont
Leur préparer un lit en des chambres fraîches.

Des jeunes garçons jouent. De lourdes ombres pèsent
Sur les flaques de purin brunes. Des servantes vont
Par la moite bleuité, de temps à autre
Elles ouvrent leurs yeux emplis des cloches de la nuit.

Pour du solitaire il y a là une auberge :
Il s'attarde patient sous les voûtes obscures,
Baigné par les nuages dorés du tabac.

Mais noir et proche reste notre domaine intime.
L'homme ivre songe dans l'ombre des vieilles voûtes
Aux migrateurs qui sont partis bien loin.

MENSCHLICHES ELEND

Die Uhr, die vor der Sonne fünfe schlägt —
Einsame Menschen packt ein dunkles Grausen,
Im Abendgarten kahle Bäume sausen.
Des Toten Antlitz sich am Fenster regt.

Vielleicht, daß diese Stunde stille steht.
Vor trüben Augen blaue Bilder gaukeln
Im Takt der Schiffe, die am Flusse schaukeln.
Am Kai ein Schwesternzug vorüberweht.

Im Hasel spielen Mädchen blaß und blind,
Wie Liebende, die sich im Schlaf umschlingen.
Vielleicht, daß um ein Aas dort Fliegen singen,
Vielleicht auch weint im Mutterschoß ein Kind.

Aus Händen sinken Astern blau und rot,
Des Jünglings Mund entgleitet fremd und weise;
Und Lider flattern angstverwirrt und leise;
Durch Fieberschwärze weht ein Duft von Brot.

Es scheint, man hört auch gräßliches Geschrei;
Gebeine durch verfallne Mauern schimmern.
Ein böses Herz lacht laut in schönen Zimmern;
An einem Träumer läuft ein Hund vorbei.

Ein leerer Sarg im Dunkel sich verliert.
Dem Mörder will ein Raum sich bleich erhellen,
Indes Laternen nachts im Sturm zerschellen.
Des Edlen weiße Schläfe Lorbeer ziert.

DÉTRESSE HUMAINE

L'horloge qui sonne cinq en face du soleil —
Une sombre terreur saisit les solitaires,
Dans le jardin du soir sifflent les arbres nus.
La face du mort s'agite à la fenêtre.

Peut-être que cette heure va s'immobiliser.
Devant des yeux embués voltigent des images bleues
Au rythme des bateaux que balance le fleuve.
Sur le quai passe comme le vent un cortège de nonnes.

Dans la coudraie jouent des fillettes, aveugles et pâles,
Tels des amants qui en leur sommeil s'étreignent.
Peut-être que les mouches sur une charogne chantent,
Peut-être un enfant pleure-t-il dans le sein de sa mère.

Des mains laissent tomber des asters bleus et rouges,
La bouche de l'adolescent, étrangère et sage s'échappe ;
Des cils perdus de peur papillonnent tout bas ;
Par le noir de la fièvre passe un parfum de pain.

On entend dirait-on des cris épouvantables ;
Luisent des ossements dans les murs écroulés.
Un cœur mauvais rit aux éclats en de belles chambres ;
Un chien passe en courant près d'un qui rêve.

Un cercueil vide dans l'ombre s'égare.
Une pièce pour l'assassin va s'illuminer blême,
Tandis que dans la nuit l'ouragan brise des lanternes.
Le laurier pare la tempe blanche du magnanime.

IM DORF

1

Aus braunen Mauern tritt ein Dorf, ein Feld.
Ein Hirt verwest auf einem alten Stein.
Der Saum des Walds schließt blaue Tiere ein,
Das sanfte Laub, das in die Stille fällt.

Der Bauern braune Stirnen. Lange tönt
Die Abendglocke; schön ist frommer Brauch,
Des Heilands schwarzes Haupt im Dornenstrauch,
Die kühle Stube, die der Tod versöhnt.

Wie bleich die Mütter sind. Die Bläue sinkt
Auf Glas und Truh, die stolz ihr Sinn bewahrt;
Auch neigt ein weißes Haupt sich hochbejahrt
Aufs Enkelkind, das Milch und Sterne trinkt.

2

Der Arme, der im Geiste einsam starb,
Steigt wächsern über einen alten Pfad.
Die Apfelbäume sinken kahl und stad
Ins Farbige ihrer Frucht, die schwarz verdarb.

Noch immer wölbt das Dach aus dürrem Stroh
Sich übern Schlaf der Kühe. Die blinde Magd
Erscheint im Hof; ein blaues Wasser klagt;
Ein Pferdeschädel starrt vom morschen Tor.

Der Idiot spricht dunklen Sinns ein Wort
Der Liebe, das im schwarzen Busch verhallt,
Wo jene steht in schmaler Traumgestalt.
Der Abend tönt in feuchter Bläue fort.

AU VILLAGE

1

De murs bruns émergent un village, un champ,
Sur une vieille pierre un pâtre se dissout.
La lisière des bois cerne des bêtes bleues,
Le doux feuillage, qui tombe dans le silence.

Fronts bruns des paysans. Longuement tinte
L'angélus ; belle et pieuse coutume,
La tête noire du Sauveur dans le roncier,
La pièce fraîche que la mort pacifie.

Que les mères sont blêmes. La bleuité s'abîme
Sur le verre et le bahut que fier leur sens protège ;
Puis une tête blanche et chargée d'ans s'incline
Sur l'enfant qui s'abreuve d'étoiles et de lait.

2

Le pauvre qui mourut, solitaire, en esprit
Gravit, poupée de cire, un vieux sentier.
Les pommiers nus et immobiles s'abîment
Dans la palette de leurs fruits noircis de pourriture.

Toujours se voûte le toit de chaume sec
Sur le sommeil des vaches. La servante aveugle
Apparaît dans la cour ; une eau bleue se lamente ;
L'œil fixe, un crâne de cheval au portail vermoulu.

L'idiot murmure, de sens obscur un mot d'amour
Qui va s'éteindre dans le buisson noir
Où celle-là, svelte figure de rêve se dresse.
Tinte l'écho du soir dans la moite bleuité.

3

Ans Fenster schlagen Äste föhnentlaubt.
Im Schoß der Bäurin wächst ein wildes Weh.
Durch ihre Arme rieselt schwarzer Schnee;
Goldäugige Eulen flattern um ihr Haupt.

Die Mauern starren kahl und grauverdreckt
Ins kühle Dunkel. Im Fieberbette friert
Der schwangere Leib, den frech der Mond bestiert.
Vor ihrer Kammer ist ein Hund verreckt.

Drei Männer treten finster durch das Tor
Mit Sensen, die im Feld zerbrochen sind.
Durchs Fenster klirrt der rote Abendwind;
Ein schwarzer Engel tritt daraus hervor.

3

Effeuillées par le fœhn les branches frappent les fenêtres.
Dans le sein de la villageoise croît une âpre douleur.
Par ses bras ruisselle une neige noire ;
Des hiboux aux yeux d'or environnent sa tête.

Les murs nus et gris de crasse fixent
Les fraîches ténèbres. Dans son lit de fièvre frissonne
Le corps gravide que la lune toise impudente.
Un chien a crevé devant sa chambre.

Trois hommes, ténébreux entrent par le portail
Chargés de faux qui se brisèrent dans le champ.
Le vent rouge du soir cliquette à la fenêtre
D'où sort un ange noir.

ABENDLIED

Am Abend, wenn wir auf dunklen Pfaden gehn,
Erscheinen unsere bleichen Gestalten vor uns.

Wenn uns dürstet,
Trinken wir die weißen Wasser des Teichs,
Die Süße unserer traurigen Kindheit.

Erstorbene ruhen wir unterm Hollundergebüsch,
Schaun den grauen Möven zu.

Frühlingsgewölke steigen über die finstere Stadt,
Die der Mönche edlere Zeiten schweigt.

Da ich deine schmalen Hände nahm
Schlugst du leise die runden Augen auf,
Dieses ist lange her.

Doch wenn dunkler Wohllaut die Seele heimsucht,
Erscheinst du Weiße in des Freundes herbstlicher Landschaft.

CHANT DU SOIR

Le soir quand nous allons sur des sentiers obscurs,
Surgissent à nos yeux nos silhouettes blêmes.

Lorsque nous avons soif
Nous buvons à l'étang son eau blanche
Et la douceur de notre enfance triste.

Défunts nous reposons sous les sureaux touffus,
Suivant des yeux les mouettes grises.

Les nuages du printemps montent sur la ville sombre
Qui tait le temps des moines, temps plus nobles alors.

Lors que je pris tes frêles mains
Tu ouvris tout bas tes yeux ronds,
Il y a bien longtemps de cela.

Mais quand une harmonie obscure vient hanter l'âme,
Tu apparais blanche sur l'automnal paysage de l'ami.

DREI BLICKE IN EINEN OPAL

An Erhard Buschbeck

1

Blick in Opal : ein Dorf umkränzt von dürrem Wein,
Der Stille grauer Wolken, gelber Felsenhügel
Und abendlicher Quellen Kühle : Zwillingsspiegel
Umrahmt von Schatten und von schleimigem Gestein.

Des Herbstes Weg und Kreuze gehn in Abend ein,
Singende Pilger und die blutbefleckten Linnen.
Des Einsamen Gestalt kehrt also sich nach innen
Und geht, ein bleicher Engel, durch den leeren Hain.

Aus Schwarzem bläst der Föhn. Mit Satyrn im Verein
Sind schlanke Weiblein; Mönche der Wollust bleiche
[Priester,
Ihr Wahnsinn schmückt mit Lilien sich schön und düster
Und hebt die Hände auf zu Gottes goldenem Schrein.

2

Der ihn befeuchtet, rosig hängt ein Tropfen Tau
Im Rosmarin : hinfließt ein Hauch von Grabgerüchen,
Spitälern, wirr erfüllt von Fieberschrein und Flüchen.
Gebein steigt aus dem Erbbegräbnis morsch und grau.

In blauem Schleim und Schleiern tanzt des Greisen Frau,
Das schmutzstarrende Haar erfüllt von schwarzen Tränen,
Die Knaben träumen wirr in dürren Weidensträhnen
Und ihre Stirnen sind von Aussatz kahl und rauh.

Durchs Bogenfenster sinkt ein Abend lind und lau.
Ein Heiliger tritt aus seinen schwarzen Wundenmalen.
Die Purpurschnecken kriechen aus zerbrochenen Schalen
Und speien Blut in Dorngewinde starr und grau.

TROIS VISIONS DANS UNE OPALE

À Erhard Buschbeck

1

Vision dans une opale : village couronné de vignes calcinées,
Du silence des nuages gris, de la fraîcheur des jaunes
Collines rocheuses et des sources du soir : miroirs jumeaux
Encadrés d'ombres et de roches gluantes.

Les chemins et les croix de l'automne s'enfoncent dans le soir ;
Pèlerins chanteurs, linges ensanglantés.
La silhouette du solitaire en soi-même donc rentre
Et va, ange blafard, par le bosquet désert.

Venu du noir souffle le fœhn. Aux satyres s'accouplent
De sveltes femelles ; des moines, prêtres blêmes de la volupté,
Leur démence se pare, belle et sinistre, de lis
Et tend les mains vers la châsse d'or de Dieu.

2

Dans le romarin qu'elle humecte perle rose une goutte
De rosée : se répand une odeur de tombeaux,
D'hôpitaux, chargée du cri confus des fièvres et de jurons.
Des ossements émergent du caveau, pourris et gris.

Engluée de bleu et voilée danse la femme du vieillard,
Cheveux collés de crasse et pleins de larmes noires,
Rêves confus des jeunes garçons dans l'écheveau brûlés des
[saules
Et leurs fronts sont rongés et pelés par la lèpre.

Par l'ogive tombe un soir tiède et doux,
Un saint surgit de ses stigmates noirs.
Les pourpres sortent en rampant de leurs coquilles écrasées,
Crachant le sang dans la guirlande raide et grise des ronces.

3

Die Blinden streuen in eiternde Wunden Weiherauch.
Rotgoldene Gewänder; Fackeln; Psalmensingen;
Und Mädchen, die wie Gift den Leib des Herrn umschlingen.
Gestalten schreiten wächsernstarr durch Glut und Rauch.

Aussätziger mitternächtigen Tanz führt an ein Gauch
Dürrknöchern. Garten wunderlicher Abenteuer;
Verzerrtes; Blumenfratzen, Lachen; Ungeheuer
Und rollendes Gestirn im schwarzen Dornenstrauch.

O Armut, Bettelsuppe, Brot und süßer Lauch;
Des Lebens Träumerei in Hütten vor den Wäldern.
Grau härtet sich der Himmel über gelben Feldern
Und eine Abendglocke singt nach altem Brauch.

3

Les aveugles saupoudrent d'encens leurs purulentes plaies.
Brocarts de pourpre et d'or ; flambeaux ; psaumes chantés ;
Et filles enlaçant, étreinte vénéneuse, le corps du Seigneur.
Des silhouettes, poupées de cire, traversent le brasier et la
[fumée.

Un idiot décharné mène à minuit la sarabande
Des lépreux. Jardins d'étranges aventures ;
Convulsions ; grimaces des fleurs, rires ; monstres
Et constellation roulant dans le noir roncier.

Ô pauvreté, soupe d'aumône, le pain, le poireau tendre ;
Rêverie de la vie dans les chaumières au bord des bois.
Le ciel se durcit gris au-dessus des champs jaunes
Et une cloche chante au soir, fidèle au vieil usage.

NACHTLIED

Des Unbewegten Odem. Ein Tiergesicht
Erstarrt vor Bläue, ihrer Heiligkeit.
Gewaltig ist das Schweigen im Stein ;

Die Maske eines nächtlichen Vogels. Sanfter Dreiklang
Verklingt in einem. Elai ! dein Antlitz
Beugt sich sprachlos über bläuliche Wasser.

O ! ihr stillen Spiegel der Wahrheit.
An des Einsamen elfenbeinerner Schläfe
Erscheint der Abglanz gefallener Engel.

CHANT NOCTURNE

Souffle de l'immobile. Un visage de bête
Se fige de bleuité, de sa sainteté.
Le silence est violent dans la pierre ;

Le masque d'un oiseau nocturne. Suave triple accord
Qui se meurt en un seul. Elaï ! Ta face
S'incline sans voix sur de bleuâtres eaux.

Ô calmes miroirs de la vérité !
À la tempe ivoirine du solitaire
Passe un reflet d'anges déchus.

HELIAN

In den einsamen Stunden des Geistes
Ist es schön, in der Sonne zu gehn
An den gelben Mauern des Sommers hin.
Leise klingen die Schritte im Gras; doch immer schläft
Der Sohn des Pan im grauen Marmor.

Abends auf der Terrasse betranken wir uns mit braunem
[Wein.
Rötlich glüht der Pfirsich im Laub;
Sanfte Sonate, frohes Lachen.

Schön ist die Stille der Nacht.
Auf dunklem Plan
Begegnen wir uns mit Hirten und weißen Sternen.

Wenn es Herbst geworden ist
Zeigt sich nüchterne Klarheit im Hain.
Besänftigte wandeln wir an roten Mauern hin
Und die runden Augen folgen dem Flug der Vögel.
Am Abend sinkt das weiße Wasser in Graburnen.

In kahlen Gezweigen feiert der Himmel.
In reinen Händen trägt der Landmann Brot und Wein
Und friedlich reifen die Früchte in sonniger Kammer.

O wie ernst ist das Antlitz der teueren Toten.
Doch die Seele erfreut gerechtes Anschaun.

Gewaltig ist das Schweigen des verwüsteten Gartens,
Da der junge Novize die Stirne mit braunem Laub
[bekränzt,
Sein Odem eisiges Gold trinkt.

HELIAN

Aux heures solitaires de l'esprit
Il est beau d'aller dans le soleil
Le long des murs jaunes de l'été.
Tout bas sonnent les pas dans l'herbe ; mais toujours dort
Le fils de Pan en marbre gris.

Le soir sur la terrasse nous nous saoulâmes de vin brun.
Rougeâtre la pêche brûle dans les feuilles ;
Tendre sonate, rire joyeux.

Il est beau le calme de la nuit.
Sur la plaine sombre
Nous rencontrons des pâtres et des étoiles blanches.

Quand est venu l'automne
Une sobre clarté dans le bosquet se montre.
Apaisés nous longeons des murs rouges
Et nos yeux ronds suivent les vols d'oiseaux.
Au soir l'eau blanche s'abîme dans les urnes mortuaires.

Dans les ramures nues le ciel est une fête.
De ses mains pures le paysan porte le pain, le vin,
Paisiblement les fruits mûrissent dans le cellier ensoleillé,

Ô qu'il est grave le visage des morts chers.
Mais la vision de la justice est le plaisir de l'âme.

Il est puissant, le silence du jardin dévasté
Lors que le jeune novice se couronne de brun feuillage,
Que son haleine boit un or glacé.

Die Hände rühren das Alter bläulicher Wasser
Oder in kalter Nacht die weißen Wangen der Schwestern.

Leise und harmonisch ist ein Gang an freundlichen
[Zimmern hin,
Wo Einsamkeit ist und das Rauschen des Ahorns,
Wo vielleicht noch die Drossel singt.

Schön ist der Mensch und erscheinend im Dunkel,
Wenn er staunend Arme und Beine bewegt,
Und in purpurnen Höhlen stille die Augen rollen.

Zur Vesper verliert sich der Fremdling in schwarzer
[Novemberzerstörung,
Unter morschem Geäst, an Mauern voll Aussatz hin,
Wo vordem der heilige Bruder gegangen,
Versunken in das sanfte Saitenspiel seines Wahnsinns,

O wie einsam endet der Abendwind.
Ersterbend neigt sich das Haupt im Dunkel des Ölbaums.

Erschüttternd ist der Untergang des Geschlechts.
In dieser Stunde füllen sich die Augen des Schauenden
Mit dem Gold seiner Sterne.

Am Abend versinkt ein Glockenspiel, das nicht mehr tönt,
Verfallen die schwarzen Mauern am Platz,
Ruft der tote Soldat zum Gebet.

Ein bleicher Engel
Tritt der Sohn ins leere Haus seiner Väter.

Die Schwestern sind ferne zu weißen Greisen gegangen.
Nachts fand sie der Schläfer unter den Säulen im Hausflur,
Zurückgekehrt von traurigen Pilgerschaften.

O wie starrt von Kot und Würmern ihr Haar,
Da er darein mit silbernen Füßen steht,
Und jene verstorben aus kahlen Zimmern treten.

Les mains frôlent la bleuité de vieilles eaux
Ou dans la froide nuit les blanches joues des sœurs.

Légère, harmonieuse errance au long des pièces amicales
Où est la solitude et où l'érable bruit,
Où la grive peut-être chante encore.

Il est beau, l'homme apparaissant dans l'ombre,
Étonné de mouvoir les jambes et les bras,
Ses yeux calmes roulant dans leurs orbites pourpres.

À vêpres l'étranger se perd dans le noir désastre de novembre
Sous les branches pourries, le long de murs lépreux
Où passa autrefois le saint frère
Abîmé dans les doux accords de sa folie.

Ô qu'il est solitaire le vent du soir qui tombe.
Expirante la tête s'incline dans l'obscur de l'olivier.

Il est bouleversant le déclin de la race.
En cette heure les yeux du contemplateur s'emplissent
De l'or de ses étoiles.

Au soir s'abîme un carillon qui ne tinte plus,
Croulent les murs noirs sur la place,
Le soldat mort appelle à la prière.

Ange blême,
Le fils pénètre en la demeure vide de ses pères.

Les sœurs s'en sont allées vers de lointains et blancs vieillards.
Le dormeur les trouva, la nuit, sous les colonnes du vestibule,
Revenues de tristes pèlerinages.

Ô qu'ils sont englués par les vers et la boue, leurs cheveux,
Lors qu'il y pose ses pieds d'argent
Et que défuntes celles-là quittent les pièces nues.

O ihr Psalmen in feurigen Mitternachtsregen,
Da die Knechte mit Nesseln die sanften Augen schlugen,
Die kindlichen Früchte des Hollunders
Sich staunend neigen über ein leeres Grab.

Leise rollen vergilbte Monde
Über die Fieberlinnen des Jünglings,
Eh dem Schweigen des Winters folgt.

Ein erhabenes Schicksal sinnt den Kidron hinab,
Wo die Zeder, ein weiches Geschöpf,
Sich unter den blauen Brauen des Vaters entfaltet,
Über die Weide nachts ein Schäfer seine Herde führt.
Oder es sind Schreie im Schlaf,
Wenn ein eherner Engel im Hain den Menschen antritt,
Das Fleisch des Heiligen auf glühendem Rost hinschmilzt.

Um die Lehmhütten rankt purpurner Wein,
Tönende Bündel vergilbten Korns,
Das Summen der Bienen, der Flug des Kranichs.
Am Abend begegnen sich Auferstandene auf Felsenpfaden.

In schwarzen Wassern spiegeln sich Aussätzige;
Oder sie öffnen die kotbefleckten Gewänder
Weinend dem balsamischen Wind, der vom rosigen Hügel
[weht.

Schlanke Mägde tasten durch die Gassen der Nacht,
Ob sie den liebenden Hirten fänden.
Sonnabends tönt in den Hütten sanfter Gesang.

Lasset das Lied auch des Knaben gedenken,
Seines Wahnsinns, und weißer Brauen und seines Hingangs,
Des Verwesten, der bläulich die Augen aufschlägt.
O wie traurig ist dieses Wiedersehn.

Ô psaumes dans les pluies de feu de la minuit,
Lors que les valets frappaient d'orties les tendres yeux,
Que les fruits enfantins du sureau
S'inclinent étonnés sur une tombe vide.

Légères roulent des lunes jaunies
Sur les draps enfiévrés de l'adolescent
Avant que ne suivent l'hiver et son silence.

Un sublime destin descend pensif le cours du Cédron
Où le cèdre, moelleuse créature,
Se déploie sous les sourcils bleus du père,
Où un berger mène, la nuit, son troupeau à travers la pâture.
Ou bien ce sont des cris dans le sommeil
Quand un ange d'airain dans le bosquet aborde l'homme
Et que la chair du saint s'en va fondant sur le gril rougeoyant.

Aux huttes de torchis se vrille la vigne pourpre,
Gerbes tintantes de blé jauni,
Le bourdonnement des abeilles, le vol de la grue.
Le soir se croisent des ressuscités sur des sentiers rocheux.

Dans des eaux noires se mirent des lépreux,
Ou bien ils ouvrent leurs vêtements maculés,
Pleurant au balsamique vent qui vient de la colline rose.

De sveltes servantes errent en tâtonnant par les rues de la nuit
Dans l'espoir de trouver le berger bien-aimant.
Le samedi tinte dans les chaumières une tendre chanson.

Que le chant garde aussi le souvenir de cet enfant,
De sa folie, ses sourcils blancs et son départ,
Du corps pourri ouvrant les yeux en un regard bleuâtre.
Ô qu'il est triste ce revoir.

Die Stufen des Wahnsinns in schwarzen Zimmern,
Die Schatten der Alten unter der offenen Tür,
Da Helians Seele sich im rosigen Spiegel beschaut
Und Schnee und Aussatz von seiner Stirne sinken.

An den Wänden sind die Sterne erloschen
Und die weißen Gestalten des Lichts.

Dem Teppich entsteigt Gebein der Gräber,
Das Schweigen verfallener Kreuze am Hügel,
Des Weihrauchs Süße im purpurnen Nachtwind.

O ihr zerbrochenen Augen in schwarzen Mündern,
Da der Enkel in sanfter Umnachtung
Einsam dem dunkleren Ende nachsinnt,
Der stille Gott die blauen Lider über ihn senkt.

Les escaliers de la folie dans des pièces noires,
Les ombres des anciens sous la porte ouverte
Lors que l'âme d'Helian se mire en le rose miroir
Et que la neige et la lèpre tombent de son front.

Aux murs se sont éteintes les étoiles
Et les formes blanches de la lumière.

Du tapis surgissent les ossements des tombeaux,
Le silence des croix écroulées sur la colline,
La douceur de l'encens dans le vent pourpre de la nuit.

Ô yeux brisés dans des orbites noires
Lors que le descendant, dans la nuit tendre de la démence,
Médite solitaire sur la fin plus obscure
Et que le calme dieu baisse sur lui ses bleues paupières.

SÉBASTIEN EN RÊVE
Sebastian im Traum

SEBASTIAN IM TRAUM

KINDHEIT

Voll Früchten der Hollunder; ruhig wohnte die Kindheit
In blauer Höhle. Über vergangenen Pfad,
Wo nun bräunlich das wilde Gras saust,
Sinnt das stille Geäst; das Rauschen des Laubs

Ein gleiches, wenn das blaue Wasser im Felsen tönt.
Sanft ist der Amsel Klage. Ein Hirt
Folgt sprachlos der Sonne, die vom herbstlichen Hügel rollt.

Ein blauer Augenblick ist nur mehr Seele.
Am Waldsaum zeigt sich ein scheues Wild und friedlich
Ruhn im Grund die alten Glocken und finsteren Weiler.

Frömmer kennst du den Sinn der dunklen Jahre,
Kühle und Herbst in einsamen Zimmern;
Und in heiliger Bläue läuten leuchtende Schritte fort.

Leise klirrt ein offenes Fenster; zu Tränen
Rührt der Anblick des verfallenen Friedhofs am Hügel,
Erinnerung an erzählte Legenden; doch manchmal erhellt
[sich die Seele,
Wenn sie frohe Menschen denkt, dunkelgoldene Frühlings-
[tage.

SÉBASTIEN EN RÊVE

ENFANCE

Lourd de fruits le sureau ; calme habitait l'enfance
Dans une grotte bleue. Sur la sente effacée
Où maintenant folle et brunâtre l'herbe siffle,
Méditent en silence les branches ; le frémissement du
[feuillage

Telle l'eau bleue quand elle tinte dans le roc.
Tendre est la plainte du merle. Un pâtre suit,
Sans voix, le soleil dévalant la colline automnale.

Un instant bleu n'est plus qu'âme.
À la lisière de la forêt apparaît un gibier apeuré, paisibles
Reposent dans la combe les vieilles cloches et les hameaux
[obscurs.

Avec plus de piété tu connais maintenant le sens des années
[sombres,
La fraîcheur et l'automne en des pièces solitaires ;
Et dans la sainte bleuité retentit la clarté de pas qui
[s'évanouissent.

Tout bas cliquette une fenêtre ouverte ; aux larmes
Vous émeut la vue du cimetière croulant sur la colline,
Souvenir de légendes contées ; mais parfois l'âme s'éclaire
À la pensée d'hommes joyeux, de jours d'or sombre du
[printemps.

STUNDENLIED

Mit dunklen Blicken sehen sich die Liebenden an,
Die Blonden, Strahlenden. In starrender Finsternis
Umschlingen schmächtig sich die sehnenden Arme.

Purpurn zerbrach der Gesegneten Mund. Die runden Augen
Spiegeln das dunkle Gold des Frühlingsnachmittags,
Saum und Schwärze des Walds, Abendängste im Grün;
Vielleicht unsäglichen Vogelflug, des Ungeborenen
Pfad an finsteren Dörfern, einsamen Sommern hin
Und aus verfallener Bläue tritt bisweilen ein Abgelebtes.

Leise rauscht im Acker das gelbe Korn.
Hart ist das Leben und stählern schwingt die Sense der
[Landmann,
Fügt gewaltige Balken der Zimmermann.

Purpurn färbt sich das Laub im Herbst; der mönchische Geist
Durchwandelt heitere Tage; reif ist die Traube
Und festlich die Luft in geräumigen Höfen.
Süßer duften vergilbte Früchte; leise ist das Lachen
Des Frohen, Musik und Tanz in schattigen Kellern;
Im dämmernden Garten Schritt und Stille des verstorbenen
[Knaben.

RONDE DES HEURES

De leurs sombres regards les amants se contemplent,
Les blonds, les rayonnants. Dans les ténèbres qui se figent,
Dévorés de désir leurs bras s'enlacent.

Bénis, leur bouche, pourpre se brisa. Les yeux ronds
Reflètent l'or sombre d'un printanier après-midi,
Lisière et noir de la forêt, angoisses du soir dans le vert ;
Peut-être un indicible vol d'oiseau, le chemin
Du non-né le long d'obscurs villages et d'étés solitaires ;
Et d'une bleuité pourrie surgit parfois une vie révolue.

Tout bas dans le champ murmure le blé jaune.
Dure est la vie, et d'un geste d'acier le moissonneur brandit sa [faux,
Le charpentier assemble les lourdes poutres.

Le feuillage se teint de pourpre dans l'automne ; l'esprit [monastique
Traverse des jours sereins ; mûre est la grappe
Et la fête est dans l'air aux fermes spacieuses.
Plus doux fleurent les fruits jaunis ; il est très bas, le rire
De l'homme joyeux, musique et danse dans les caves [ombreuses ;
Dans le jardin crépusculaire passe en silence l'enfant mort.

UNTERWEGS

Am Abend trugen sie den Fremden in die Totenkammer;
Ein Duft von Teer; das leise Rauschen roter Platanen;
Der dunkle Flug der Dohlen; am Platz zog eine Wache auf.
Die Sonne ist in schwarze Linnen gesunken; immer wieder
[kehrt dieser vergangene Abend.
Im Nebenzimmer spielt die Schwester eine Sonate von Schu-
[bert.
Sehr leise sinkt ihr Lächeln in den verfallenen Brunnen,
Der bläulich in der Dämmerung rauscht. O, wie alt ist unser
[Geschlecht.
Jemand flüstert drunten im Garten; jemand hat diesen
[schwarzen Himmel verlassen.
Auf der Kommode duften Äpfel. Großmutter zündet goldene
[Kerzen an.

O, wie mild ist der Herbst. Leise klingen unsere Schritte, im
[alten Park
Unter hohen Bäumen. O, wie ernst ist das hyazinthene Antlitz
[der Dämmerung.
Der blaue Quell zu deinen Füßen, geheimnisvoll die rote Stille
[deines Munds,
Umdüstert vom Schlummer des Laubs, dem dunklen Gold
[verfallener Sonnenblumen.
Deine Lider sind schwer von Mohn und träumen leise auf
[meiner Stirne.
Sanfte Glocken durchzittern die Brust. Eine blaue Wolke
Ist dein Antlitz auf mich gesunken in der Dämmerung.

Ein Lied zur Guitarre, das in einer fremden Schenke erklingt,
Die wilden Hollunderbüsche dort, ein lang vergangener
[Novembertag,
Vertraute Schritte auf der dämmernden Stiege, der Anblick
[gebräunter Balken,
Ein offenes Fenster, an dem ein süßes Hoffen zurückblieb —

EN CHEMIN

Le soir ils portèrent l'étranger dans la chambre des morts ;
Un parfum de goudron ; le bruissement léger des platanes
[rouges ;
Le vol sombre des choucas ; sur la place on releva la garde.
Le soleil s'est abîmé dans des linges noirs ; toujours revient ce
[soir d'antan.
Dans la pièce voisine la sœur joue une sonate de Schubert.
Tout bas s'abîme son sourire dans la fontaine qui croule
Et qui bleuâtre bruit au crépuscule. Ô qu'elle est vieille notre
[race.
Quelqu'un chuchote en bas dans le jardin ; quelqu'un délaissa
[ce ciel noir.
Sur la commode des pommes fleurent bon. Grand-mère
[allume des bougies d'or.

Ô qu'il est clément cet automne. Tout bas sonnent nos pas
[dans le vieux parc
Sous de hauts arbres. Ô qu'elle est grave la face de jacinthe du
[crépuscule.
La source bleue à tes pieds, mystérieux le silence rouge de ta
[bouche
Enténébré du sommeil du feuillage, de l'or sombre des
[tournesols qui croulent.
Tes paupières lourdes de pavot rêvent tout bas sur mon front.
De tendres cloches retentissent à travers la poitrine. Nuage
[bleu,
Ta face dans le crépuscule sur moi s'est abîmée.

Un chant à la guitare qui résonne dans une auberge étrangère,
Les bosquets là-bas de sureaux sauvages, jour de novembre
[d'il y a longtemps,
Pas familiers sur l'escalier crépusculaire, la vue des solives
[brunies,
Une fenêtre ouverte où s'attarda une douce espérance —

Unsäglich ist das alles, o Gott, daß man erschüttert ins Knie
[bricht.

O, wie dunkel ist diese Nacht. Eine purpurne Flamme
Erlosch an meinem Mund. In der Stille
Erstirbt der bangen Seele einsames Saitenspiel.
Laß, wenn trunken von Wein das Haupt in die Gosse sinkt.

Tout cela ô mon Dieu est indicible à vous faire tomber,
[bouleversé, à genoux.

Ô qu'elle est sombre cette nuit. Une flamme pourpre
S'est éteinte à ma bouche. Dans le silence
Se meurent les accords solitaires de l'âme angoissée.
Laisse quand, ivre de vin, ta tête au caniveau s'abîme.

LANDSCHAFT

Septemberabend; traurig tönen die dunklen Rufe der Hirten
Durch das dämmernde Dorf; Feuer sprüht in der Schmiede.
Gewaltig bäumt sich ein schwarzes Pferd; die hyazinthenen
[Locken der Magd
Haschen nach der Inbrunst seiner purpurnen Nüstern.
Leise erstarrt am Saum des Waldes der Schrei der Hirschkuh
Und die gelben Blumen des Herbstes
Neigen sich sprachlos über das blaue Antlitz des Teichs.
In roter Flamme verbrannte ein Baum; aufflattern mit
[dunklen Gesichtern die Fledermäuse.

PAYSAGE

Soir de septembre ; tristement tinte le sombre appel des pâtres
Par le village crépusculaire ; le feu jaillit en étincelles dans la
[forge.
Violent, un cheval noir se cabre ; les boucles de jacinthe de la
[servante
Happent la ferveur de ses naseaux pourpres.
Tout bas se fige à la lisière de la forêt le cri de la biche
Et les fleurs jaunes de l'automne
Se penchent sans voix sur la face bleue de l'étang.
En flamme rouge un arbre brûla ; s'envolent en un battement
[d'ailes
Les chauves-souris aux visages sombres.

AN DEN KNABEN ELIS

Elis, wenn die Amsel im schwarzen Wald ruft,
Dieses ist dein Untergang.
Deine Lippen trinken die Kühle des blauen Felsenquells.

Laß, wenn deine Stirne leise blutet
Uralte Legenden
Und dunkle Deutung des Vogelflugs.

Du aber gehst mit weichen Schritten in die Nacht,
Die voll purpurner Trauben hängt,
Und du regst die Arme schöner im Blau.

Ein Dornenbusch tönt,
Wo deine mondenen Augen sind.
O, wie lange bist, Elis, du verstorben.

Dein Leib ist eine Hyazinthe,
In die ein Mönch die wächsernen Finger taucht.
Eine schwarze Höhle ist unser Schweigen,

Daraus bisweilen ein sanftes Tier tritt
Und langsam die schweren Lider senkt.
Auf deine Schläfen tropft schwarzer Tau,

Das letzte Gold verfallener Sterne.

À L'ENFANT ELIS

Elis, l'appel du merle dans le bois noir t'invite
À descendre aux profondeurs.
Ta lèvre boit la fraîcheur bleue de la source rocheuse.

Laisse, quand ton front saigne tout bas
Des légendes originelles
Et le sombre augure d'un vol d'oiseaux.

Mais toi, à pas moelleux tu t'en vas vers la nuit
Toute tendue de grappes pourpres
Et plus beaux sont les gestes de tes bras dans le bleu.

Un buisson de ronces tinte
Là où sont tes yeux de lune.
Ô comme il y a longtemps, Elis, que tu es mort.

Ton corps est une jacinthe
Dans laquelle un moine trempe ses doigts de cire.
Notre silence est une grotte noire

D'où parfois surgit une tendre bête
Qui lentement abaisse ses lourdes paupières.
Sur tes tempes perle une rosée noire,

L'or dernier d'étoiles écroulées.

ELIS

1

Vollkommen ist die Stille dieses goldenen Tags.
Unter alten Eichen
Erscheinst du, Elis, ein Ruhender mit runden Augen.

Ihre Bläue spiegelt den Schlummer der Liebenden.
An deinem Mund
Verstummten ihre rosigen Seufzer.

Am Abend zog der Fischer die schweren Netze ein.
Ein guter Hirt
Führt seine Herde am Waldsaum hin.
O! wie gerecht sind, Elis, alle deine Tage.

Leise sinkt
An kahlen Mauern des Ölbaums blaue Stille,
Erstirbt eines Greisen dunkler Gesang.

Ein goldener Kahn
Schaukelt, Elis, dein Herz am eisamen Himmel.

2

Ein sanftes Glockenspiel tönt in Elis' Brust
Am Abend,
Da sein Haupt ins schwarze Kissen sinkt.

Ein blaues Wild
Blutet leise im Dornengestrüpp.

Ein brauner Baum steht abgeschieden da;
Seine blauen Früchte fielen von ihm.
Zeichen und Sterne
Versinken leise im Abendweiher.

ELIS

1

Parfait est le silence de ce jour d'or.
Sous de vieux chênes
Tu apparais, Elis, yeux grands ouverts dans ton repos.

Leur bleuité reflète le sommeil des amants.
À ta bouche
Se turent leurs soupirs roses.

Le soir, le pêcheur tira ses lourds filets.
Un brave pâtre
Mène son troupeau le long de la forêt.
Ô comme ils sont justes, Elis, tous tes jours.

Tout bas s'abîme
Sur les murs nus le bleu silence de l'olivier,
Expire le chant obscur d'un vieillard.

Barque d'or,
Ton cœur, Elis, se berce au ciel solitaire.

2

Un tendre carillon tinte au cœur d'Elis
Le soir,
Lors que sa tête en un noir coussin s'abîme.

Un gibier bleu
Perd son sang tout bas dans un fouillis de ronces.

Un arbre brun se dresse en son isolement ;
Ses fruits bleus sont tombés de lui.
Étoiles et signes
S'abîment tout bas dans l'étang du soir.

Hinter dem Hügel ist es Winter geworden.

Blaue Tauben
Trinken nachts den eisigen Schweiß,
Der von Elis' kristallener Stirne rinnt.

Immer tönt
An schwarzen Mauern Gottes einsamer Wind.

Derrière la colline l'hiver est apparu.

Des colombes bleues
Boivent, la nuit, la sueur glacée
D'Elis qui perle à son front de cristal.

Toujours tinte
Contre les murs noirs le vent solitaire de Dieu.

HOHENBURG

Es ist niemand im Haus. Herbst in Zimmern;
Mondeshelle Sonate
Und das Erwachen am Saum des dämmernden Walds.

Immer denkst du das weiße Antlitz des Menschen
Ferne dem Getümmel der Zeit;
Über ein Träumendes neigt sich gerne grünes Gezweig,

Kreuz und Abend;
Umfängt den Tönenden mit purpurnen Armen sein Stern,
Der zu unbewohnten Fenstern hinaufsteigt.

Also zittert im Dunkel der Fremdling,
Da er leise die Lider über ein Menschliches aufhebt,
Das ferne ist; die Silberstimme des Windes im Hausflur.

HOHENBURG

Personne à la maison. Automne dans les pièces ;
Sonate illuminée de lune
Et le réveil à la lisière de la forêt crépusculaire.

Toujours tu penses la face blanche de l'homme
Loin du tumulte du temps ;
Sur du rêve aiment à s'incliner les verts branchages.

Le soir et la croix ;
Une étoile de ses bras pourpres étreint celui qui tinte
Et monte à des fenêtres inhabitées.

Donc l'étranger tremble dans l'ombre
Lors qu'il lève tout bas les paupières sur de l'humain
Lointain ; voix d'argent du vent dans le vestibule.

SEBASTIAN IM TRAUM

Für Adolf Loos

Mutter trug das Kindlein im weißen Mond,
Im Schatten des Nußbaums, uralten Hollunders,
Trunken vom Safte des Mohns, der Klage der Drossel;
Und stille
Neigte in Mitleid sich über jene ein bärtiges Antlitz

Leise im Dunkel des Fensters; und altes Hausgerät
Der Väter
Lag im Verfall; Liebe und herbstliche Träumerei.

Also dunkel der Tag des Jahrs, traurige Kindheit,
Da der Knabe leise zu kühlen Wassern, silbernen Fischen
[hinabstieg,
Ruh und Antlitz;
Da er steinern sich vor rasende Rappen warf,
In grauer Nacht sein Stern über ihn kam;

Oder wenn er an der frierenden Hand der Mutter
Abends über Sankt Peters herbstlichen Friedhof ging,
Ein zarter Leichnam stille im Dunkel der Kammer lag
Und jener die kalten Lider über ihn aufhob.

Er aber war ein kleiner Vogel im kahlen Geäst,
Die Glocke lang im Abendnovember,
Des Vaters Stille, da er im Schlaf die dämmernde Wendel-
[treppe hinabstieg.

2

Frieden der Seele. Einsamer Winterabend,
Die dunklen Gestalten der Hirten am alten Weiher;
Kindlein in der Hütte von Stroh; o wie leise
Sank in schwarzem Fieber das Antlitz hin.
Heilige Nacht.

SÉBASTIEN EN RÊVE

Pour Adolf Loos

Mère porta l'enfant dans la blanche clarté de la lune,
Dans l'ombre du noyer, de l'antique sureau,
Ivre de suc du pavot, de la plainte de la grive ;
Et en silence,
Plein de pitié, sur eux s'inclina un visage barbu

Tout bas dans l'ombre de la fenêtre ; et le vieux mobilier
Des ancêtres
Croulait ; amour et rêverie d'automne.

Obscur donc, le jour de l'année, enfance triste
Lors que le jeune garçon descendait tout bas
Vers la fraîcheur des eaux et les poissons d'argent,
Calme et visage ;
Que pétrifié il se jetait aux pieds de moreaux déchaînés,
Que dans la grise nuit son étoile sur lui se levait ;

Ou bien quand à la main glaciale de la mère
Il traversait le soir l'automnal cimetière Saint-Pierre,
Qu'un frêle cadavre en silence gisait dans l'obscur de la salle
Et qu'il levait sur lui ses froides paupières.

Mais lui était petit oiseau dans les branchages dénudés,
La cloche longuement dans le soir de novembre,
Le silence du père lors qu'en sommeil il descendait
Les marches crépusculaires de l'escalier tournant.

2

Paix de l'âme. Solitaire soir d'hiver,
Les sombres silhouettes des bergers au bord du vieil étang ;
Petit enfant dans la cabane en chaume ; ô que tout bas
S'abîma le visage en fièvre noire.
Sainte nuit.

Oder wenn er an der harten Hand des Vaters
Stille den finstern Kalvarienberg hinanstieg
Und in dämmernden Felsennischen
Die blaue Gestalt des Menschen durch seine Legende ging,
Aus der Wunde unter dem Herzen purpurn das Blut rann.
O wie leise stand in dunkler Seele das Kreuz auf.

Liebe ; da in schwarzen Winkeln der Schnee schmolz,
Ein blaues Lüftchen sich heiter im alten Hollunder fing,
In dem Schattengewölbe des Nußbaums ;
Und dem Knaben leise sein rosiger Engel erschien.

Freude ; da in kühlen Zimmern eine Abendsonate erklang,
Im braunen Holzgebälk
Ein blauer Falter aus der silbernen Puppe kroch.

O die Nähe des Todes. In steinerner Mauer
Neigte sich ein gelbes Haupt, schweigend das Kind,
Da in jenem März der Mond verfiel.

3

Rosige Osterglocke im Grabgewölbe der Nacht
Und die Silberstimmen der Sterne,
Daß in Schauern ein dunkler Wahnsinn von der Stirne des
[Schläfers sank.

O wie stille ein Gang den blauen Fluß hinab
Vergessenes sinnend, da im grünen Geäst
Die Drossel ein Fremdes in den Untergang rief.

Oder wenn er an der knöchernen Hand des Greisen
Abends vor die verfallene Mauer der Stadt ging
Und jener in schwarzem Mantel ein rosiges Kindlein trug,
Im Schatten des Nußbaums der Geist des Bösen erschien.

Tasten über die grünen Stufen des Sommers. O wie leise
Verfiel der Garten in der braunen Stille des Herbstes,
Duft und Schwermut des alten Hollunders,
Da in Sebastians Schatten die Silberstimme des Engels
[erstarb.

Ou quand à la dure main de son père
Il montait en silence le ténébreux calvaire,
Qu'à la lueur crépusculaire des niches dans le roc
La silhouette bleue de l'homme traversait sa légende,
Que de la plaie sous le cœur coulait, pourpre, le sang.
Ô que tout bas monta la croix dans l'âme sombre.

Amour; lors que dans les coins noirs fondait la neige,
Qu'une brise bleue, joyeuse se prenait dans le vieux sureau,
Dans la voûte ombreuse du noyer;
Et qu'à l'enfant tout bas apparaissait son ange rose.

Joie; lors que dans des pièces fraîches, le soir, tintait une
[sonate,
Que dans les solives brunes
Un papillon de nuit sortit, bleu de son cocon d'argent.

Ô la présence de la mort. Dans la muraille de pierre
S'inclina une tête jaune, taciturne l'enfant,
Lors qu'en ce mars croulait la lune.

3

Rose cloche pascale dans la crypte de la nuit
Et les voix d'argent des étoiles,
À tel point qu'en frissons une sombre folie chut du front du
[dormeur.

Ô le silence de la descente au long de la rivière bleue,
Méditant l'oublié, lors que dans les branchages verts
Une grive appelait une vie étrangère à la descente aux
[profondeurs.

Ou bien quand à la main osseuse du vieillard
Il s'en allait le soir jusqu'aux murs écroulés de la ville,
Que celui-là en manteau noir portait un petit enfant rose
Et que dans l'ombre du noyer apparaissait l'esprit du mal.

Tâtonnements sur les verts gradins de l'été. Ô que tout bas
Croulait le jardin dans le silence brun de l'automne,
Parfum, mélancolie du vieux sureau,
Lors qu'en l'ombre de Sébastien la voix d'argent de l'ange se
[mourait.

AM MOOR

Wanderer im schwarzen Wind; leise flüstert das dürre Rohr
In der Stille des Moors. Am grauen Himmel
Ein Zug von wilden Vögeln folgt;
Quere über finsteren Wassern.

Aufruhr. In verfallener Hütte
Aufflattert mit schwarzen Flügeln die Fäulnis;
Verkrüppelte Birken seufzen im Wind.

Abend in verlassener Schenke. Den Heimweg umwittert
Die sanfte Schwermut grasender Herden,
Erscheinung der Nacht : Kröten tauchen aus silbernen Was-
[sern.

AU MARAIS

Voyageur dans le vent noir ; tout bas chuchote le roseau sec
Dans le silence du marais. Au ciel gris
Suit un vol de migrateurs ;
Diagonale au-dessus des eaux sombres.

Rébellion. Dans une chaumière croulante
La pourriture aux ailes noires prend son vol ;
Des bouleaux rabougris soupirent dans le vent.

Soirée dans une auberge abandonnée. Le chemin du retour se
[parfume
De la tendre mélancolie des troupeaux aux pâtures,
Fantôme de la nuit : des eaux d'argent émergent des cra-
[pauds.

IM FRÜHLING

Leise sank von dunklen Schritten der Schnee,
Im Schatten des Baums
Heben die rosigen Lider Liebende.

Immer folgt den dunklen Rufen der Schiffer
Stern und Nacht;
Und die Ruder schlagen leise im Takt.

Balde an verfallener Mauer blühen
Die Veilchen,
Ergrünt so stille die Schläfe des Einsamen.

AU PRINTEMPS

Tout bas la neige a chu de pas obscurs,
Dans l'ombre de l'arbre
Des amants lèvent leurs paupières roses.

Appels obscurs des bateliers que toujours suivent
L'étoile et la nuit ;
Et les rames tout bas battent en cadence.

Bientôt vont fleurir au mur écroulé
Les violettes
Et verdir en silence la tempe du solitaire.

ABEND IN LANS

Wanderschaft durch dämmernden Sommer
An Bündeln vergilbten Korns vorbei. Unter getünchten [Bogen,
Wo die Schwalbe aus und ein flog, tranken wir feurigen Wein.

Schön : o Schwermut und purpurnes Lachen.
Abend und die dunklen Düfte des Grüns
Kühlen mit Schauern die glühende Stirne uns.

Silberne Wasser rinnen über die Stufen des Walds,
Die Nacht und sprachlos ein vergessenes Leben.
Freund ; die belaubten Stege ins Dorf.

SOIR À LANS

Errance par l'été crépusculaire
Le long des gerbes de blé jauni. Sous les voûtes chaulées
Où l'hirondelle voletait, nous avons bu un vin de feu.

Comme cela est beau : mélancolie, rire pourpre.
Le soir et les obscurs parfums de la verdure
Rafraîchissent en frissons nos fronts brûlants.

Les eaux d'argent dévalent les pentes forestières,
La nuit et, sans voix, une vie oubliée.
Ami ; les sentiers ombragés qui mènent au village.

AM MÖNCHSBERG

Wo im Schatten herbstlicher Ulmen der verfallene Pfad
[hinabsinkt,
Ferne den Hütten von Laub, schlafenden Hirten,
Immer folgt dem Wandrer die dunkle Gestalt der Kühle

Über knöchernen Steg, die hyazinthene Stimme des Knaben,
Leise sagend die vergessene Legende des Walds,
Sanfter ein Krankes nun die wilde Klage des Bruders.

Also rührt ein spärliches Grün das Knie des Fremdlings,
Das versteinerte Haupt;
Näher rauscht der blaue Quell die Klage der Frauen.

SUR LE MÖNCHSBERG

Où dans l'ombre des ormes d'automne s'engloutit le sentier
[écroulé,
Loin des cabanes de feuillage et de pâtres dormeurs,
Toujours l'ombre sombre de la fraîcheur suit le voyageur

Sur la passerelle osseuse, voix de jacinthe de l'enfant
Contant tout bas la légende oubliée de la forêt,
Plus tendre âme malade désormais la plainte sauvage du frère.

Une verdure rare effleure donc le genou de l'étranger,
La tête pétrifiée ;
Plus proche la source bleue bruit la plainte des femmes.

KASPAR HAUSER LIED

Für Bessie Loos

Er wahrlich liebte die Sonne, die purpurn den Hügel
[hinabstieg,
Die Wege des Walds, den singenden Schwarzvogel
Und die Freude des Grüns.

Ernsthaft war sein Wohnen im Schatten des Baums
Und rein sein Antlitz.
Gott sprach eine sanfte Flamme zu seinem Herzen :
O Mensch !

Stille fand sein Schritt die Stadt am Abend ;
Die dunkle Klage seines Munds :
Ich will ein Reiter werden.

Ihm aber folgte Busch und Tier,
Haus und Dämmergarten weißer Menschen
Und sein Mörder suchte nach ihm.

Frühling und Sommer und schön der Herbst
Des Gerechten, sein leiser Schritt
An den dunklen Zimmern Träumender hin.
Nachts blieb er mit seinem Stern allein ;

Sah, daß Schnee fiel in kahles Gezweig
Und im dämmernden Hausflur den Schatten des Mörders.

Silbern sank des Ungebornen Haupt hin.

LA CHANSON GASPARD HAUSER

À Bessie Loos

Lui vraiment aimait le soleil qui pourpre descendait la colline,
Les sentiers forestiers, le chant de l'oiseau noir
Et la joie de la verdure.

Grave était sa demeure dans l'ombre de l'arbre
Et pure était sa face.
Dieu parla tendre flamme à son cœur :
Ô homme !

Calme son pas trouva la ville dans le soir ;
La sombre plainte de sa bouche :
Je veux devenir cavalier.

Mais le suivaient le buisson et la bête,
La maison et le jardin crépusculaire d'hommes blancs
Et son assassin le cherchait.

Printemps, été et bel automne
De l'homme juste, son pas léger
Longeant les chambres sombres de rêveurs.
La nuit il resta seul avec son étoile ;

Vit la neige tomber dans les ramures nues
Et dans l'entrée crépusculaire l'ombre de l'assassin.

D'argent sombra la tête du non-né.

NACHTS

Die Bläue meiner Augen ist erloschen in dieser Nacht,
Das rote Gold meines Herzens. O! wie stille brannte das
[Licht.
Dein blauer Mantel umfing den Sinkenden;
Dein roter Mund besiegelte des Freundes Umnachtung.

DE NUIT

La bleuité de mon regard cette nuit s'est éteinte,
L'or rouge de mon cœur. Ô ! qu'en silence brûlait la lumière.
Ton manteau bleu enveloppa l'ami qui s'abîmait ;
Ta bouche rouge scella la nuit de sa démence.

VERWANDLUNG DES BÖSEN

Herbst : schwarzes Schreiten am Waldsaum ; Minute stummer Zerstörung ; auflauscht die Stirne des Aussätzigen unter dem kahlen Baum. Langvergangener Abend, der nun über die Stufen von Moos sinkt ; November. Eine Glocke läutet und der Hirt führt eine Herde von schwarzen und roten Pferden ins Dorf. Unter dem Haselgebüsch weidet der grüne Jäger ein Wild aus. Seine Hände rauchen von Blut und der Schatten des Tiers seufzt im Laub über den Augen des Mannes, braun und schweigsam ; der Wald. Krähen, die sich zerstreuen ; drei. Ihr Flug gleicht einer Sonate, voll verblichener Akkorde und männlicher Schwermut ; leise löst sich eine goldene Wolke auf. Bei der Mühle zünden Knaben ein Feuer an. Flamme ist des Bleichsten Bruder und jener lacht vergraben in sein purpurnes Haar ; oder es ist ein Ort des Mordes, an dem ein steiniger Weg vorbeiführt. Die Berberitzen sind verschwunden, jahrlang träumt es in bleierner Luft unter den Föhren ; Angst, grünes Dunkel, das Gurgeln eines Ertrinkenden : aus dem Sternenweiher zieht der Fischer einen großen, schwarzen Fisch, Antlitz voll Grausamkeit und Irrsinn. Die Stimmen des Rohrs, hadernder Männer im Rücken schaukelt jener auf rotem Kahn über frierende Herbstwasser, lebend in dunklen Sagen seines Geschlechts und die Augen steinern über Nächte und jungfräuliche Schrecken aufgetan. Böse.

Was zwingt dich still zu stehen auf der verfallenen Stiege, im Haus deiner Väter ? Bleierne Schwärze. Was hebst du mit silberner Hand an die Augen ; und die Lider sinken wie trunken von Mohn ? Aber durch die Mauer von Stein siehst du den Sternenhimmel, die Milchstraße, den Saturn ; rot. Rasend an die Mauer von Stein klopft der kahle Baum. Du auf verfallenen Stufen : Baum, Stern, Stein ! Du, ein blaues Tier, das leise zittert ; du, der bleiche Priester, der es hinschlachtet am schwarzen Altar. O dein Lächeln im Dunkel, traurig und böse, daß ein Kind im Schlaf erbleicht. Eine rote Flamme sprang aus deiner Hand und ein Nachtfalter verbrannte daran. O die Flöte des Lichts ; o die Flöte des Tods. Was zwang dich

MÉTAMORPHOSE DU MAL

Automne : noire errance à la lisière de la forêt ; minute de muette destruction ; le lépreux dresse un front guetteur sous l'arbre nu. Soir d'il y a bien longtemps qui tombe sur les degrés de mousse ; novembre. Une cloche sonne et le pâtre ramène au village un troupeau de chevaux noirs, de chevaux rouges. Dans la coudraie le chasseur vert dépèce son gibier. Ses mains fument de sang et l'ombre de la bête soupire dans le feuillage sur les yeux de l'homme, brune et taciturne ; la forêt. Corneilles qui s'égaillent ; trois corneilles. Leur vol ressemble à une sonate pleine d'accords éteints et de mélancolie virile ; tout bas se dissipe un nuage d'or. Près du moulin de jeunes garçons allument un feu. Flamme est le frère du plus pâle et celui-là rit, enfoui dans sa pourpre chevelure ; ou c'est le lieu d'un meurtre que longe un chemin pierreux. Elles ont disparu les épines-vinettes, et au long des années passe dans l'air de plomb un rêve parmi les pins ; angoisse, vertes obscurités, gargouillement d'un qui se noie ; de l'étang constellé le pêcheur tire un gros poisson noir, face marquée au coin de la démence et de la cruauté. Avec dans son dos la voix des joncs et des querelles d'hommes, celui-là dans sa barque rouge se balance sur les eaux froides de l'automne, vivant dans les légendes obscures de sa race, ses yeux de pierre grands ouverts sur les nuits et les virginales terreurs. Le mal.

Quelle force te contraint à t'immobiliser sur l'escalier vétuste dans la maison de tes pères ? Noirceur de plomb. Qu'élèves-tu jusqu'à tes yeux dans ta main d'argent ; et tes paupières tombent comme ivres de pavot ? Mais à travers le mur de pierre tu aperçois le ciel constellé, la Voie lactée, Saturne ; rouge. L'arbre nu, déchaîné, frappe contre le mur de pierre ! Toi, sur des marches vétustes : arbre, étoile, pierre ! Toi, bête bleue qui tout bas trembles. Toi, prêtre blême qui la sacrifies sur l'autel noir. Ô ton sourire dans l'obscurité, si triste et si méchant qu'il fait blêmir l'enfant qui dort. Une flamme rouge a jailli de ta main, s'y est brûlé un papillon de nuit. Ô la flûte de la lumière ; ô la flûte de la mort. Quelle force te contraignit à t'immobiliser sur l'escalier vétuste dans

still zu stehen auf verfallener Stiege, im Haus deiner Väter? Drunten ans Tor klopft ein Engel mit kristallnem Finger.

O die Hölle des Schlafs; dunkle Gasse, braunes Gärtchen. Leise läutet im blauen Abend der Toten Gestalt. Grüne Blümchen umgaukeln sie und ihr Antlitz hat sie verlassen. Oder es neigt sich verblichen über die kalte Stirne des Mörders im Dunkel des Hausflurs; Anbetung, purpurne Flamme der Wollust; hinsterbend stürzte über schwarze Stufen der Schläfer ins Dunkel.

Jemand verließ dich am Kreuzweg und du schaust lange zurück. Silberner Schritt im Schatten verkrüppelter Apfelbäumchen. Purpurn leuchtet die Frucht im schwarzen Geäst und im Gras häutet sich die Schlange. O! das Dunkel; der Schweiß, der auf die eisige Stirne tritt und die traurigen Träume im Wein, in der Dorfschenke unter schwarzverrauchtem Gebälk. Du, noch Wildnis, die rosige Inseln zaubert aus dem braunen Tabaksgewölk und aus dem Innern den wilden Schrei eines Greifen holt, wenn er um schwarze Klippen jagt in Meer, Sturm und Eis. Du, ein grünes Metall und innen ein feuriges Gesicht, das hingehen will und singen vom Beinerhügel finstere Zeiten und den flammenden Sturz des Engels. O! Verzweiflung, die mit stummem Schrei ins Knie bricht.

Ein Toter besucht dich. Aus dem Herzen rinnt das selbstvergossene Blut und in schwarzer Braue nistet unsäglicher Augenblick; dunkle Begegnung. Du — ein purpurner Mond, da jener im grünen Schatten des Ölbaums erscheint. Dem folgt unvergängliche Nacht.

la maison de tes pères ? En bas un ange frappe de son doigt de cristal à la porte.

Ô l'enfer du sommeil ; rue obscure, jardinet brun. Tout bas sonne dans le soir bleu la silhouette de la morte. De petites fleurs vertes voltigent autour d'elle et sa face l'a quittée. Ou elle se penche pâlie sur le front glacé de l'assassin dans l'obscurité du couloir ; adoration, flamme pourpre de la volupté ; le dormeur, se mourant, dévala les marches noires qui mènent aux ténèbres.

Quelqu'un t'abandonna à la croisée des routes et longtemps tu regardes en arrière. Un pas d'argent dans l'ombre des pommiers rabougris. Lueur pourpre du fruit dans les branchages noirs, et dans l'herbe le serpent mue. Ô l'obscur ! La sueur qui perle au front glacé, les rêves tristes de l'ivresse à l'auberge du village sous les solives enfumées. Toi, chaos sauvage encore qui fais magiquement éclore des îles roses dans les nuées brunes du tabac et surgir des profondeurs le cri sauvage d'un griffon qui chasse autour des récifs noirs dans la mer, la tempête et la glace. Toi, métal vert, et au-dedans face de feu, qui veux partir et, du haut de l'ossuaire, chanter les temps obscurs et la chute flamboyante de l'ange. Ô désespoir qui dans un cri muet tombe à genoux.

Un mort te rend visite. Du cœur jaillit le sang qu'il fit couler lui-même et dans son noir sourcil se niche un indicible instant : rencontre obscure. Toi — lune pourpre, lors que dans l'ombre verte de l'olivier celui-là apparaît. Suit une nuit impérissable.

DER HERBST DES EINSAMEN

IM PARK

Wieder wandelnd im alten Park,
O! Stille gelb und roter Blumen.
Ihr auch trauert, ihr sanften Götter,
Und das herbstliche Gold der Ulme.
Reglos ragt am bläulichen Weiher
Das Rohr, verstummt am Abend die Drossel.
O! dann neige auch du die Stirne
Vor der Ahnen verfallenem Marmor.

L'AUTOMNE DU SOLITAIRE

DANS LE PARC

Errant de nouveau dans le vieux parc,
Ô ! silence des fleurs jaunes et rouges.
Vous lamentez aussi, dieux tendres,
Et l'or automnal de l'orme.
Immobile se dresse au bord de l'étang bleu
Le jonc, au soir se tait la grive.
Ô penche alors ton front, toi aussi,
Devant le marbre écroulé des aïeux.

EIN WINTERABEND

Wenn der Schnee ans Fenster fällt,
Lang die Abendglocke läutet,
Vielen ist der Tisch bereitet
Und das Haus ist wohlbestellt.

Mancher auf der Wanderschaft
Kommt ans Tor auf dunklen Pfaden.
Golden blüht der Baum der Gnaden
Aus der Erde kühlem Saft.

Wanderer tritt still herein;
Schmerz versteinerte die Schwelle.
Da erglänzt in reiner Helle
Auf dem Tische Brot und Wein.

UN SOIR D'HIVER

Lorsque la neige aux vitres frappe,
Que l'angélus longuement sonne,
La table est mise pour beaucoup
Et la maison est bien garnie.

Maint compagnon en cours d'errance
Arrive par d'obscurs chemins.
L'arbre de grâce a des fleurs d'or
Puisés au suc frais de la terre.

Le voyageur entre en silence ;
La douleur pétrifia le seuil.
Et l'on voit luire sur la table
Clair et pur le pain et le vin.

DIE VERFLUCHTEN

1

Es dämmert. Zum Brunnen gehn die alten Fraun.
Im Dunkel der Kastanien lacht ein Rot.
Aus einem Laden rinnt ein Duft von Brot
Und Sonnenblumen sinken übern Zaun.

Am Fluß die Schenke tönt noch lau und leis.
Guitarre summt; ein Klimperklang von Geld.
Ein Heiligenschein auf jene Kleine fällt,
Die vor der Glastür wartet sanft und weiß.

O! blauer Glanz, den sie in Scheiben weckt,
Umrahmt von Dornen, schwarz und starrverzückt.
Ein krummer Schreiber lächelt wie verrückt
Ins Wasser, das ein wilder Aufruhr schreckt.

2

Am Abend säumt die Pest ihr blau Gewand
Und leise schließt die Tür ein finstrer Gast.
Durchs Fenster sinkt des Ahorns schwarze Last;
Ein Knabe legt die Stirn in ihre Hand.

Oft sinken ihre Lider bös und schwer.
Des Kindes Hände rinnen durch ihr Haar
Und seine Tränen stürzen heiß und klar
In ihre Augenhöhlen schwarz und leer.

Ein Nest von scharlachfarbnen Schlangen bäumt
Sich träg in ihrem aufgewühlten Schoß.
Die Arme lassen ein Erstorbenes los,
Das eines Teppichs Traurigkeit umsäumt.

LES MAUDITS

1

Crépuscule. Les vieilles vont à la fontaine
Dans l'obscur des châtaigniers un rouge rit.
D'une boutique coule un parfum de pain
Et par-dessus la haie sombrent les tournesols.

L'auberge au bord de l'eau sonne tout bas et tiède encore,
Murmure de guitare ; tintement de l'argent.
Une auréole tombe sur la petite fille
Qui douce et blanche attend à la porte vitrée.

Ô l'éclat bleu qu'aux vitres elle éveille
Et que cernent des ronces, noires et transies d'extase.
Un qui écrit, voûté, sourit comme insensé
À l'eau qu'alarme un sauvage tumulte.

2

Le soir, la peste ourle sa robe bleue,
Un hôte ténébreux ferme tout bas la porte.
Par la fenêtre sombre la charge noire de l'érable ;
Un garçon met le front dans la main de la fille

Dont souvent les paupières, mauvaises et lourdes sombrent.
Les mains de l'enfant coulent dans ses cheveux
Et ses pleurs, brûlants et clairs s'abattent
Dans les orbites noires et vides de la fille.

Une nichée de serpents écarlates se cabrent
Paresseux en son sein ravagé.
Les bras lâchent une vie expirée
Ourlée par la tristesse d'un tapis.

3

Ins braune Gärtchen tönt ein Glockenspiel.
Im Dunkel der Kastanien schwebt ein Blau,
Der süße Mantel einer fremden Frau.
Resedenduft; und glühendes Gefühl

Des Bösen. Die feuchte Stirn beugt kalt und bleich
Sich über Unrat, drin die Ratte wühlt,
Vom Scharlachglanz der Sterne lau umspült;
Im Garten fallen Äpfel dumpf und weich.

Die Nacht ist schwarz. Gespenstisch bläht der Föhn
Des wandelnden Knaben weißes Schlafgewand
Und leise greift in seinen Mund die Hand
Der Toten. Sonja lächelt sanft und schön.

3

La sonnerie d'un carillon tinte au jardinet brun.
Dans l'obscur des châtaigniers un bleu flotte,
Le doux manteau d'une étrangère.
Parfum de réséda ; et sentiment ardent

Du mal. Le front moite s'incline, froid et blême
Sur les ordures où farfouille le rat,
Baigné de l'écarlate et tiède éclat des astres ;
Dans le jardin tombent les pommes, sourdes et moelleuses.

Noire est la nuit. Spectral le fœhn gonfle
La chemise blanche du petit somnambule
Et légère en sa bouche pénètre la main
De la morte. Sonia sourit son tendre et beau sourire.

SONJA

Abend kehrt in alten Garten ;
Sonjas Leben, blaue Stille.
Wilder Vögel Wanderfahrten ;
Kahler Baum in Herbst und Stille.

Sonnenblume, sanftgeneigte
Über Sonjas weißes Leben.
Wunde, rote, niegezeigte
Läßt in dunklen Zimmern leben,

Wo die blauen Glocken läuten ;
Sonjas Schritt und sanfte Stille.
Sterbend Tier grüßt im Entgleiten,
Kahler Baum in Herbst und Stille.

Sonne alter Tage leuchtet
Über Sonjas weiße Brauen,
Schnee, der ihre Wangen feuchtet,
Und die Wildnis ihrer Brauen.

SONIA

Soir qui revient aux vieux jardins ;
Vie de Sonia, bleu du silence.
Les vols lointains des migrateurs ;
Arbre nu, automne et silence.

Tournesol tendrement penché
Sur Sonia et sa blanche vie.
Plaie sanglante, jamais montrée,
Éveille en les chambres la vie

Où résonne le bleu des cloches ;
Pas de Sonia, tendre silence.
Bête qui meurt salue et passe,
Arbre nu, automne et silence.

Soleil de jours anciens rayonne
Sur Sonia et ses blancs sourcils,
Neige qui humecte ses joues,
Et le fourré de ses sourcils.

ENTLANG

Geschnitten sind Korn und Traube,
Der Weiler in Herbst und Ruh.
Hammer und Amboß klingt immerzu,
Lachen in purpurner Laube.

Astern von dunklen Zäunen
Bring dem weißen Kind.
Sag wie lang wir gestorben sind;
Sonne will schwarz erscheinen.

Rotes Fischlein im Weiher;
Stirn, die sich fürchtig belauscht;
Abendwind leise ans Fenster rauscht,
Blaues Orgelgeleier.

Stern und heimlich Gefunkel
Läßt noch einmal aufschaun.
Erscheinung der Mutter in Schmerz und Graun;
Schwarze Reseden im Dunkel.

LE LONG DE...

Coupé le blé, coupée la grappe,
Hameau dans la paix de l'automne.
Marteau qui toujours sur l'enclume sonne,
Rire sous la tonnelle pourpre.

Ces asters cueillis aux haies sombres,
Va les porter à l'enfant blanc.
Dis-lui notre mort d'il y a bien longtemps ;
Soleil va apparaître noir.

Poisson, rouge au fond de l'étang ;
Front qui craintivement s'y mire ;
Chuchotis du vent du soir aux fenêtres,
Ritournelle bleue de l'orgue.

Étoile et flamboiement secret
Encore attirent le regard.
La mère apparaît en douleur et peur ;
Noirs résédas dans les ténèbres.

HERBSTSEELE

Jägerruf und Blutgebell;
Hinter Kreuz und braunem Hügel
Blindet sacht der Weiherspiegel,
Schreit der Habicht hart und hell.

Über Stoppelfeld und Pfad
Banget schon ein schwarzes Schweigen;
Reiner Himmel in den Zweigen;
Nur der Bach rinnt still und stad.

Bald entgleitet Fisch und Wild.
Blaue Seele, dunkles Wandern
Schied uns bald von Lieben, Andern.
Abend wechselt Sinn und Bild.

Rechten Lebens Brot und Wein,
Gott in deine milden Hände
Legt der Mensch das dunkle Ende,
Alle Schuld und rote Pein.

ÂME D'AUTOMNE

Appels de chasseurs, abois sanglants ;
Derrière la croix, la brune colline,
Doucement éblouit le miroir de l'étang,
Lance le vautour son cri dur et clair.

Par les chaumes et les sentiers
S'apeure déjà un mutisme noir ;
Pureté du ciel à travers les branches ;
Seul le ru coule calme et quiet.

Bientôt s'en iront poissons et gibier.
Âme bleue, une sombre errance
Nous a séparés des autres si chers.
Le soir change sens et image.

Pain et vin de la vie juste,
Dieu, entre tes mains clémentes
L'homme remet la sombre fin,
Toute faute et rouge peine.

AFRA

Ein Kind mit braunem Haar. Gebet und Amen
Verdunkeln still die abendliche Kühle
Und Afras Lächeln rot in gelbem Rahmen
Von Sonnenblumen, Angst und grauer Schwüle.

Gehüllt in blauen Mantel sah vor Zeiten
Der Mönch sie fromm gemalt an Kirchenfenstern;
Das will in Schmerzen freundlich noch geleiten,
Wenn ihre Sterne durch sein Blut gespenstern.

Herbstuntergang; und des Hollunders Schweigen.
Die Stirne rührt des Wassers blaue Regung,
Ein härnes Tuch gelegt auf eine Bahre.

Verfaulte Früchte fallen von den Zweigen;
Unsäglich ist der Vögel Flug, Begegnung
Mit Sterbenden; dem folgen dunkle Jahre.

AFRA

Enfant aux cheveux bruns. La prière et l'amen
Obscurcissent tout bas la fraîcheur vespérale,
Le sourire d'Afra, rouge en son cadre jaune
De tournesols, de peur et de grise torpeur.

Parée d'un manteau bleu, c'est ainsi qu'autrefois
Le moine la voyait, pieuse sur le vitrail ;
Cette image le suit, amicale en ses peines
Quand de ses astres elle hante son sang.

Déclin de l'automne ; et le mutisme du sureau.
Frôle le front le rythme bleu de l'eau,
Un drap de crin posé sur une bière.

Des fruits pourris tombent des branches ;
Indicible est le vol des oiseaux, rencontre
De mourants ; suivent des années sombres.

DER HERBST DES EINSAMEN

Der dunkle Herbst kehrt ein voll Frucht und Fülle,
Vergilbter Glanz von schönen Sommertagen.
Ein reines Blau tritt aus verfallener Hülle;
Der Flug der Vögel tönt von alten Sagen.
Gekeltert ist der Wein, die milde Stille
Erfüllt von leiser Antwort dunkler Fragen.

Und hier und dort ein Kreuz auf ödem Hügel;
Im roten Wald verliert sich eine Herde.
Die Wolke wandert übern Weiherspiegel;
Es ruht des Landmanns ruhige Geberde.
Sehr leise rührt des Abends blauer Flügel
Ein Dach von dürrem Stroh, die schwarze Erde.

Bald nisten Sterne in des Müden Brauen;
In kühle Stuben kehrt ein still Bescheiden
Und Engel treten leise aus den blauen
Augen der Liebenden, die sanfter leiden.
Es rauscht das Rohr; anfällt ein knöchern Grauen,
Wenn schwarz der Tau tropft von den kahlen Weiden.

L'AUTOMNE DU SOLITAIRE

Voici venir l'obscur automne avec ses fruits, sa plénitude,
Éclat jauni des beaux jours de l'été.
Un bleu pur surgit de ses voiles qui croulent ;
Le vol des oiseaux tinte de vieilles légendes.
Le raisin est pressé, le doux silence est plein
De réponse légère à d'obscures questions.

Une croix veille ici et là sur la colline désertée ;
Dans la rouge forêt un troupeau s'égare.
Le nuage chemine au-dessus de l'étang miroitant ;
Le geste calme du paysan s'apaise.
Très légère l'aile bleue du soir frôle
Un toit de chaume sec, la terre noire.

Les étoiles bientôt se nicheront dans les sourcils lassés ;
Une calme humilité entre dans la fraîcheur des pièces
Et des anges, légers sortent des yeux
Bleus des amants dont la peine s'allège.
Le jonc chuchote ; nous point une peur osseuse
Quand noire la rosée perle des saules nus.

SIEBENGESANG DES TODES

RUH UND SCHWEIGEN

Hirten begruben die Sonne im kahlen Wald.
Ein Fischer zog
In härenem Netz den Mond aus frierendem Weiher.

In blauem Kristall
Wohnt der bleiche Mensch, die Wang' an seine Sterne
[gelehnt;
Oder er neigt das Haupt in purpurnem Schlaf.

Doch immer rührt der schwarze Flug der Vögel
Den Schauenden, das Heilige blauer Blumen,
Denkt die nahe Stille Vergessenes, erloschene Engel.

Wieder nachtet die Stirne in mondenem Gestein;
Ein strahlender Jüngling
Erscheint die Schwester in Herbst und schwarzer Verwesung.

SEPTUOR DE LA MORT

PAIX ET SILENCE

Des pâtres dans la forêt nue ont enseveli le soleil.
Dans son filet de crin
Un pêcheur ramena de l'étang qui se glace la lune.

Dans le cristal bleu
Habite l'homme blême, joue appuyée à ses étoiles ;
Ou dans un sommeil pourpre il incline la tête.

Mais toujours le vol noir des oiseaux émeut
Le contemplateur, la sainteté de fleurs bleues,
Le silence proche médite l'oublié, des anges éteints.

De nouveau le front fait nuit dans les roches lunaires ;
Adolescent rayonnant
La sœur surgit dans l'automne et la noire dissolution.

ANIF

Erinnerung : Möven, gleitend über den dunklen Himmel
Männlicher Schwermut.
Stille wohnst du im Schatten der herbstlichen Esche,
Versunken in des Hügels gerechtes Maß;

Immer gehst du den grünen Fluß hinab,
Wenn es Abend geworden,
Tönende Liebe; friedlich begegnet das dunkle Wild,

Ein rosiger Mensch. Trunken von bläulicher Witterung
Rührt die Stirne das sterbende Laub
Und denkt das ernste Antlitz der Mutter;
O, wie alles ins Dunkel hinsinkt;

Die gestrengen Zimmer und das alte Gerät
Der Väter.
Dieses erschüttert die Brust des Fremdlings.
O, ihr Zeichen und Sterne.

Groß ist die Schuld des Geborenen. Weh, ihr goldenen
[Schauer
Des Todes,
Da die Seele kühlere Blüten träumt.

Immer schreit im kahlen Gezweig der nächtliche Vogel
Über des Mondenen Schritt,
Tönt ein eisiger Wind an den Mauern des Dorfs.

ANIF

Souvenir : mouettes glissant sur le ciel sombre
De la mélancolie virile.
Tu habites en silence dans l'ombre du frêne automnal,
Abîmé dans la mesure juste de la colline.

Toujours tu longes la rivière verte
Quand est tombé le soir,
Amour qui tinte ; rencontrent, paisibles, un gibier sombre,

Un homme rose. Ivre de fumet bleu
Frôle le front le feuillage qui meurt
Et pense la face grave de la mère ;
Ô comme tout s'abîme dans l'obscur ;

Les pièces austères et les meubles anciens
Des pères.
Voilà qui bouleverse le cœur de l'étranger.
Ô signes et étoiles.

Grande est la faute de qui est né. Malheur, frissons d'or
De la mort,
Lors que l'âme rêve à de plus fraîches fleurs.

Toujours crie dans la ramure nue l'oiseau nocturne
Sur les pas du lunaire,
Tinte un vent glacial aux murs du village.

GEBURT

Gebirge : Schwärze, Schweigen und Schnee.
Rot vom Wald niedersteigt die Jagd ;
O, die moosigen Blicke des Wilds.

Stille der Mutter ; unter schwarzen Tannen
Öffnen sich die schlafenden Hände,
Wenn verfallen der kalte Mond erscheint.

O, die Geburt des Menschen. Nächtlich rauscht
Blaues Wasser im Felsengrund ;
Seufzend erblickt sein Bild der gefallene Engel,

Erwacht ein Bleiches in dumpfer Stube.
Zwei Monde
Erglänzen die Augen der steinernen Greisin.

Weh, der Gebärenden Schrei. Mit schwarzem Flügel
Rührt die Knabenschläfe die Nacht,
Schnee, der leise aus purpurner Wolke sinkt.

NAISSANCE

Montagnes : le noir, le mutisme et la neige.
Rouge descend de la forêt la chasse ;
Ô les regards de mousse du gibier.

Silence de la mère ; sous de noirs sapins
S'ouvrent les mains dormantes
Quand la lune froide, croulante apparaît.

Ô naissance de l'homme. Nocturne bruit
L'eau bleue dans l'abîme rocheux ;
En un soupir l'ange déchu aperçoit son image,

Du blême en la torpeur de la chambre s'éveille.
Deux lunes
Étincellent les yeux de la vieille de pierre.

Malheur, le cri de qui enfante. De son aile noire
La nuit frôle la tempe enfantine,
Neige qui tout bas sombre d'un nuage pourpre.

UNTERGANG

An Karl Borromaeus Heinrich

Über den weißen Weiher
Sind die wilden Vögel fortgezogen.
Am Abend weht von unseren Sternen ein eisiger Wind.

Über unsere Gräber
Beugt sich die zerbrochene Stirne der Nacht.
Unter Eichen schaukeln wir auf einem silbernen Kahn.

Immer klingen die weißen Mauern der Stadt.
Unter Dornenbogen
O mein Bruder klimmen wir blinde Zeiger gen Mitternacht.

LA DESCENTE AUX PROFONDEURS

À Karl Borromaeus Heinrich

Au-dessus de l'étang blanc
Se sont envolés les migrateurs.
Le soir un vent glacial souffle de nos étoiles.

Au-dessus de nos tombes
S'incline le front éclaté de la nuit.
Sous les chênes nous berce une barque d'argent.

Toujours tinte l'écho des murs blancs de la ville.
Sous une voûte de ronces
Ô frère nous grimpons, aiguilles aveugles, vers minuit.

AN EINEN FRÜHVERSTORBENEN

O, der schwarze Engel, der leise aus dem Innern des Baums
[trat,
Da wir sanfte Gespielen am Abend waren,
Am Rand des bläulichen Brunnens.
Ruhig war unser Schritt, die runden Augen in der braunen
[Kühle des Herbstes,
O, die purpurne Süße der Sterne.

Jener aber ging die steinernen Stufen des Mönchsbergs hinab,
Ein blaues Lächeln im Antlitz und seltsam verpuppt
In seine stillere Kindheit und starb;
Und im Garten blieb das silberne Antlitz des Freundes
[zurück,
Lauschend im Laub oder im alten Gestein.

Seele sang den Tod, die grüne Verwesung des Fleisches
Und es war das Rauschen des Walds,
Die inbrünstige Klage des Wildes.
Immer klangen von dämmernden Türmen die blauen Glocken
[des Abends.

Stunde kam, da jener die Schatten in purpurner Sonne sah,
Die Schatten der Fäulnis in kahlem Geäst;
Abend, da an dämmernder Mauer die Amsel sang,
Der Geist des Frühverstorbenen stille im Zimmer erschien.

O, das Blut, das aus der Kehle des Tönenden rinnt,
Blaue Blume; o die feurige Träne
Geweint in die Nacht.

Goldene Wolke und Zeit. In einsamer Kammer
Lädst du öfter den Toten zu Gast,
Wandelst in trautem Gespräch unter Ulmen den grünen Fluß
[hinab.

À UN MORT PRÉCOCE

Ô l'ange noir qui tout bas sortit du cœur de l'arbre,
Lors que le soir, doux compagnons nous jouions
Au bord de la fontaine bleuâtre.
Calme était notre pas, les yeux ronds dans la brune fraîcheur
[de l'automne,
Ô douceur pourpre des étoiles.

Mais celui-là descendit les degrés de pierre du Mönchsberg,
Un sourire bleu sur sa face, étrangement enfoui
Dans le cocon de son enfance plus paisible, puis mourut ;
Et le jardin garda la face d'argent de l'ami,
Guettant dans le feuillage ou dans les vieilles pierres.

L'âme chanta la mort, la verte dissolution de la chair
Et c'était le bruissement de la forêt,
La plainte fervente du gibier.
Toujours aux tours crépusculaires sonnaient les cloches bleues
[du soir.

Vint l'heure où celui-là vit les ombres au soleil pourpre,
Les ombres de la pourriture dans le branchage nu ;
Soir, lors qu'au mur crépusculaire chantait le merle
Et que l'esprit du jeune mort paisible apparut dans la
[chambre.

Ô sang qui sourd de la gorge de celui qui tinte,
Fleur bleue ; ô la larme de feu
Versée à la nuit.

Nuage d'or, temps. Dans la chambre solitaire
Tu invites souvent le mort
Et sous les ormes tu descends en un dialogue intime le long de
[la rivière verte.

GEISTLICHE DÄMMERUNG

Stille begegnet am Saum des Waldes
Ein dunkles Wild;
Am Hügel endet leise der Abendwind,

Verstummt die Klage der Amsel,
Und die sanften Flöten des Herbstes
Schweigen im Rohr.

Auf schwarzer Wolke
Befährst du trunken von Mohn
Den nächtigen Weiher,

Den Sternenhimmel.
Immer tönt der Schwester mondene Stimme
Durch die geistliche Nacht.

CRÉPUSCULE SPIRITUEL

Calme rencontre à la lisière de la forêt
Un gibier sombre ;
À la colline meurt tout bas le vent du soir.

Expire la plainte du merle
Et se taisent dans les joncs
Les tendres flûtes de l'automne.

Sur un nuage noir
Tu parcours ivre de pavot
L'étang nocturne,

Le ciel constellé.
Toujours tinte la voix de lune de la sœur
À travers la nuit spirituelle.

ABENDLÄNDISCHES LIED

O der Seele nächtlicher Flügelschlag :
Hirten gingen wir einst an dämmernden Wäldern hin
Und es folgte das rote Wild, die grüne Blume und der lallende
[Quell
Demutsvoll. O, der uralte Ton des Heimchens,
Blut blühend am Opferstein
Und der Schrei des einsamen Vogels über der grünen Stille
[des Teichs.

O, ihr Kreuzzüge und glühenden Martern
Des Fleisches, Fallen purpurner Früchte
Im Abendgarten, wo vor Zeiten die frommen Jünger
[gegangen,
Kriegsleute nun, erwachend aus Wunden und
[Sternenträumen.
O, das sanfte Zyanenbündel der Nacht.

O, ihr Zeiten der Stille und goldener Herbste,
Da wir friedliche Mönche die purpurne Traube gekeltert ;
Und rings erglänzten Hügel und Wald.
O, ihr Jagden und Schlösser ; Ruh des Abends,
Da in seiner Kammer der Mensch Gerechtes sann,
In stummem Gebet um Gottes lebendiges Haupt rang.

O, die bittere Stunde des Untergangs,
Da wir ein steinernes Antlitz in schwarzen Wassern beschaun.
Aber strahlend heben die silbernen Lider die Liebenden :
Ein Geschlecht. Weihrauch strömt von rosigen Kissen
Und der süße Gesang der Auferstandenen.

CHANT OCCIDENTAL

Ô le coup d'aile nocturne de l'âme :
Autrefois pâtres nous allions le long des bois crépusculaires
Et nous suivaient le gibier rouge, la verte fleur, la source
[balbutiante
Humblement. Ô l'antique sonorité du grillon,
Le sang qui fleurit sur la pierre sacrificielle
Et le cri de l'oiseau solitaire au-dessus du vert silence de
[l'étang.

Ô croisades et brûlantes tortures
De la chair, chute de fruits pourpres
Dans le jardin du soir qui vit passer jadis les pieux disciples,
Guerriers maintenant s'éveillant de stigmates et de rêves
[stellaires.
Ô le suave bouquet de bleuets de la nuit.

Ô les temps du silence et des automnes d'or,
Lors que moines paisibles nous pressions les grappes pour-
[pres ;
À la ronde resplendissaient les bois et les collines.
Ô chasses et châteaux ; paix du soir,
Lors que dans sa cellule l'homme méditait la justice,
En muette prière luttait pour le chef vivant de Dieu.

Ô l'heure amère du déclin,
Lors que nous contemplons dans les eaux noires une face de
[pierre.
Mais rayonnants les amants lèvent leurs paupières d'argent :
Un sexe. L'encens coule à flots de coussins roses
Et le doux chant des ressuscités.

VERKLÄRUNG

Wenn es Abend wird,
Verläßt dich leise ein blaues Antlitz.
Ein kleiner Vogel singt im Tamarindenbaum.

Ein sanfter Mönch
Faltet die erstorbenen Hände.
Ein weißer Engel sucht Marien heim.

Ein nächtiger Kranz
Von Veilchen, Korn und purpurnen Trauben
Ist das Jahr des Schauenden.

Zu deinen Füßen
Öffnen sich die Gräber der Toten,
Wenn du die Stirne in die silbernen Hände legst.

Stille wohnt
An deinem Mund der herbstliche Mond,
Trunken von Mohnsaft dunkler Gesang;

Blaue Blume,
Die leise tönt in vergilbtem Gestein.

TRANSFIGURATION

Quand le soir tombe,
Un visage bleu tout bas t'abandonne.
Un petit oiseau chante au tamaris.

Un tendre moine
Joint ses défuntes mains.
Un ange blanc rend visite à Marie.

Une couronne nocturne
De violettes, d'épis et de grappes pourpres,
Tel est l'an du contemplateur.

À tes pieds
S'ouvrent les tombeaux des morts
Lorsqu'en tes mains d'argent tu reposes ton front.

Calme habite
Sur ta bouche la lune d'automne,
Ivre de pavot le chant obscur ;

Fleur bleue
Qui tinte tout bas dans les pierres jaunies.

FÖHN

Blinde Klage im Wind, mondene Wintertage,
Kindheit, leise verhallen die Schritte an schwarzer Hecke,
Langes Abendgeläut.
Leise kommt die weiße Nacht gezogen,

Verwandelt in purpurne Träume Schmerz und Plage
Des steinigen Lebens,
Daß nimmer der dornige Stachel ablasse vom verwesenden
[Leib.

Tief im Schlummer aufseufzt die bange Seele,

Tief der Wind in zerbrochenen Bäumen,
Und es schwankt die Klagegestalt
Der Mutter durch den einsamen Wald

Dieser schweigenden Trauer; Nächte,
Erfüllt von Tränen, feurigen Engeln.
Silbern zerschellt an kahler Mauer ein kindlich Gerippe.

FŒHN

Plainte aveugle dans le vent, lunaires jours d'hiver,
Enfance, tout bas l'écho des pas décroît le long de la haie
[noire,
Longuement sonne l'angélus.
Tout bas la blanche nuit s'approche

Et mue en rêves pourpres la douleur, le tourment
De la pierreuse vie :
Que jamais l'aiguillon acéré n'abandonne le corps en dissolu-
[tion.

Profondément dans le sommeil soupire l'âme apeurée,

Profondément le vent dans des arbres brisés,
Et chancelle la silhouette de plainte
De la mère à travers la forêt solitaire

De ce deuil taciturne ; nuits
Peuplées de larmes, d'anges de feu.
D'argent se fracasse au mur nu un squelette d'enfant.

DER WANDERER

Immer lehnt am Hügel die weiße Nacht,
Wo in Silbertönen die Pappel ragt,
Stern' und Steine sind.

Schlafend wölbt sich über den Gießbach der Steg,
Folgt dem Knaben ein erstorbenes Antlitz,
Sichelmond in rosiger Schlucht

Ferne preisenden Hirten. In altem Gestein
Schaut aus kristallenen Augen die Kröte,
Erwacht der blühende Wind, die Vogelstimme des
[Totengleichen
Und die Schritte ergrünen leise im Wald.

Dieses erinnert an Baum und Tier. Langsame Stufen von
[Moos;
Und der Mond,
Der glänzend in traurigen Wassern versinkt.

Jener kehrt wieder und wandelt an grünem Gestade,
Schaukelt auf schwarzem Gondelschiffchen durch die
[verfallene Stadt.

LE VOYAGEUR

Toujours à la colline la blanche nuit s'adosse,
Là où le peuplier en musique argentine jaillit,
Où sont les astres et les pierres.

La passerelle en son sommeil s'incurve au-dessus du torrent,
Un visage défunt suit le jeune garçon,
Faucille de la lune au rose abîme

Loin des pâtres louangeurs. Dans la vieille roche
Le crapaud guette de ses yeux de cristal,
Le vent en fleurs s'éveille, la voix d'oiseau de qui
Est semblable aux morts
Et les pas tout bas dans la forêt verdissent.

Ceci rappelle l'arbre et l'animal. Lents degrés de mousse ;
Et la lune
Qui s'abîme étincelante aux eaux mélancoliques.

Et celui-là revient le long des rives vertes,
Bercé sur une gondole noire à travers la ville écroulée.

KARL KRAUS

Weißer Hohepriester der Wahrheit,
Kristallne Stimme, in der Gottes eisiger Odem wohnt,
Zürnender Magier,
Dem unter flammendem Mantel der blaue Panzer des
[Kriegers klirrt.

KARL KRAUS

Grand prêtre blanc du Vrai,
Voix de cristal habitée par l'haleine glaciale de Dieu,
Magicien courroucé
Dont la cuirasse bleue du combattant sous le manteau de
[flamme crisse.

AN DIE VERSTUMMTEN

O, der Wahnsinn der großen Stadt, da am Abend
An schwarzer Mauer verkrüppelte Bäume starren,
Aus silberner Maske der Geist des Bösen schaut;
Licht mit magnetischer Geißel die steinerne Nacht
[verdrängt.
O, das versunkene Läuten der Abendglocken.

Hure, die in eisigen Schauern ein totes Kindlein gebärt.
Rasend peitscht Gottes Zorn die Stirne des Besessenen,
Purpurne Seuche, Hunger, der grüne Augen zerbricht.
O, das gräßliche Lachen des Golds.

Aber stille blutet in dunkler Höhle stummere Menschheit,
Fügt aus harten Metallen das erlösende Haupt.

À CEUX QUI SE SONT TUS

Ô la folie de la grande ville, lors que le soir
Le long du mur se figent les arbres rabougris,
Que sous un masque d'argent guette l'esprit du mal ;
Que la lumière, de son fouet magnétique chasse la nuit de
[pierre.
Ô sonnerie engloutie des angélus.

Putain qui en frissons glacés accouche d'un enfant mort.
Déchaînée, la colère de Dieu fouette le front du possédé,
Pourpre épidémie, faim qui fracasse des yeux verts.
Ô le rire effroyable de l'or.

Mais tout bas saigne en une grotte sombre une plus muette
[humanité
Qui forge avec de durs métaux la tête rédemptrice.

PASSION

Wenn Orpheus silbern die Laute rührt,
Beklagend ein Totes im Abendgarten,
Wer bist du Ruhendes unter hohen Bäumen?
Es rauscht die Klage das herbstliche Rohr,
Der blaue Teich,
Hinsterbend unter grünenden Bäumen
Und folgend dem Schatten der Schwester;
Dunkle Liebe
Eines wilden Geschlechts,
Dem auf goldenen Rädern der Tag davonrauscht.
Stille Nacht.

Unter finsteren Tannen
Mischten zwei Wölfe ihr Blut
In steinerner Umarmung; ein Goldnes
Verlor sich die Wolke über dem Steg,
Geduld und Schweigen der Kindheit.
Wieder begegnet der zarte Leichnam
Am Tritonsteich
Schlummernd in seinem hyazinthenen Haar.
Daß endlich zerbräche das kühle Haupt!

Denn immer folgt, ein blaues Wild,
Ein Äugendes unter dämmernden Bäumen,
Dieser dunkleren Pfaden
Wachend und bewegt von nächtigem Wohllaut,
Sanftem Wahnsinn;
Oder es tönte dunkler Verzückung
Voll das Saitenspiel
Zu den kühlen Füßen der Büßerin
In der steinernen Stadt.

PASSION

Lorsque d'un doigt d'argent Orphée touche sa lyre,
Pleurant une âme morte en le jardin du soir,
Qui donc es-tu, âme qui dort sous la haute futaie ?
Les ajoncs de l'automne bruissent leur plainte,
L'étang bleu
Se mourant sous les arbres verdoyants
Et suivant l'ombre de la sœur,
Sombre amour
D'une race farouche
Qu'abandonne bruissant sur ses roues d'or le jour
Douce nuit.

Sous des sapins obscurs
Deux loups mêlèrent leur sang
En étreinte de pierre ; masse d'or
Le nuage se perdit au-dessus du sentier,
Patience et silence de l'enfance.
De nouveau rencontre le frêle cadavre
À l'étang aux tritons,
Sommeillant dans sa chevelure de jacinthe
Que cette tête froide enfin éclate !

Car il suit toujours, gibier bleu,
Regard aux aguets sous les arbres crépusculaires,
Des sentiers plus obscurs celui-ci,
Veillant, ému de nocturne harmonie,
De douce folie,
Ou bien tintèrent, pleines d'extase sombre,
Les cordes de la lyre
Aux pieds froids de la pénitente
Dans la ville de pierre.

SIEBENGESANG DES TODES

Bläulich dämmert der Frühling; unter saugenden Bäumen
Wandert ein Dunkles in Abend und Untergang,
Lauschend der sanften Klage der Amsel.
Schweigend erscheint die Nacht, ein blutendes Wild,
Das langsam hinsinkt am Hügel

In feuchter Luft schwankt blühendes Apfelgezweig,
Löst silbern sich Verschlungenes,
Hinsterbend aus nächtigen Augen; fallende Sterne,
Sanfter Gesang der Kindheit.

Erscheinender stieg der Schläfer den schwarzen Wald hinab,
Und es rauschte ein blauer Quell im Grund,
Daß jener leise die bleichen Lider aufhob
Über sein schneeiges Antliz;

Und es jagte der Mond ein rotes Tier
Aus seiner Höhle;
Und es starb in Seufzern die dunkle Klage der Frauen

Strahlender hob die Hände zu seinem Stern
Der weiße Fremdling;
Schweigend verläßt ein Totes das verfallene Haus

O des Menschen verweste Gestalt . gefügt aus kalten Me-
[tallen,
Nacht und Schrecken versunkener Wälder
Und der sengenden Wildnis des Tiers
Windesstille der Seele

SEPTUOR DE LA MORT

Bleuâtre lueur crépusculaire du printemps ; sous des arbres
[qui l'aspirent
Une âme obscure va vers le soir et vers les profondeurs,
Tendant l'oreille au chant plaintif et doux du merle.
La nuit, muette apparaît, sanglant gibier
Qui lentement s'affaisse au flanc de la colline

Dans l'air humide se balancent les branches fleuries du
[pommier,
Des étreintes, argentées se dénouent,
Se mourant de la nuit des regards ; chute d'étoiles,
Tendre chant de l'enfance.

Plus lumineux le dormeur dévala le bois noir,
Et chuchotait la source bleue dans la combe
À tel point qu'il leva, celui-là, légères ses paupières blêmes
Sur sa face de neige

Et la lune chassa une bête rouge
De sa tanière ;
Et mourut en soupirs la sombre plainte des femmes.

Plus rayonnant l'étranger blanc leva les mains
Vers son étoile ;
Muette une vie morte abandonne la maison écroulée.

Ô la forme dissoute de l'homme . assemblage de métaux
[froids,
Nuit et terreur de forêts englouties,
De la brûlante sauvagerie de la bête.
Accalmie de l'âme

Auf schwärzlichem Kahn fuhr jener schimmernde Ströme
[hinab,
Purpurner Sterne voll, und es sank
Friedlich das ergrünte Gezweig auf ihn,
Mohn aus silberner Wolke.

Sur une barque noirâtre celui-là descendit des fleuves
[chatoyants
Pleins de pourpres étoiles, et s'inclina
Sur lui paisiblement le branchage verdi,
Pavot chu d'un nuage d'argent

WINTERNACHT

Es ist Schnee gefallen. Nach Mitternacht verläßt du betrunken von purpurnem Wein den dunklen Bezirk der Menschen, die rote Flamme ihres Herdes. O die Finsternis!

Schwarzer Frost. Die Erde ist hart, nach Bitterem schmeckt die Luft. Deine Sterne schließen sich zu bösen Zeichen.

Mit versteinerten Schritten stampfst du am Bahndamm hin, mit runden Augen, wie ein Soldat, der eine schwarze Schanze stürmt. Avanti!

Bitterer Schnee und Mond!

Ein roter Wolf, den ein Engel würgt. Deine Beine klirren schreitend wie blaues Eis und ein Lächeln voll Trauer und Hochmut hat dein Antlitz versteinert und die Stirne erbleicht vor der Wollust des Frostes;

oder sie neigt sich schweigend über den Schlaf eines Wächters, der in seiner hölzernen Hütte hinsank

Frost und Rauch. Ein weißes Sternenhemd verbrennt die tragenden Schultern und Gottes Geier zerfleischen dein metallenes Herz.

O der steinerne Hügel. Stille schmilzt und vergessen der kühle Leib im silbernen Schnee hin.

Schwarz ist der Schlaf. Das Ohr folgt lange den Pfaden der Sterne im Eis.

Beim Erwachen klangen die Glocken im Dorf. Aus dem östlichen Tor trat silbern der rosige Tag.

NUIT D'HIVER

Il a neigé. Après minuit tu abandonnes, ivre de vin pourpre, le sombre royaume des hommes, la flamme rouge de leurs âtres. Ô la ténèbre !

Gel noir. La terre est dure, l'air a un goût amer. Tes étoiles se closent en sinistres présages.

À pas lourds et pétrifiés tu longes le talus, yeux grands ouverts comme un soldat se ruant sur une redoute noire Avanti !

Neige amère et lune amère !

Un loup rouge étranglé par un ange. Tes jambes crissent en marchant comme de la glace bleue, et un sourire plein de deuil et d'orgueil a pétrifié ta face, et ton front blêmit sous la volupté du froid ;

ou muet, s'incline sur le sommeil d'un veilleur qui s'effon dra dans sa guérite en bois.

Gel et fumée. Une blanche tunique d'étoiles brûle les épaules qui la portent et les vautours de Dieu déchiquettent ton cœur de métal.

Ô la colline de pierre. Calme, oublié, le corps froid se dissout dans la neige d'argent.

Noir est le sommeil. L'oreille suit longtemps les chemins des étoiles dans la glace.

Au réveil, les cloches sonnaient au village. De la porte de l'Orient, en un éclat d'argent émergea le jour rose.

GESANG DES ABGESCHIEDENEN

IN VENEDIG

Stille ın nächtigem Zimmer.
Silbern flackert der Leuchter
Vor dem singenden Odem
Des Einsamen ;
Zaubrisches Rosengewölk

Schwärzlicher Fliegenschwarm
Verdunkelt den steinernen Raum
Und es starrt von der Qual
Des goldenen Tags das Haupt
Des Heimatlosen.

Reglos nachtet das Meer.
Stern und schwärzliche Fahrt
Entschwand am Kanal. ,
Kind, dein kränkliches Lächeln
Folgte mir leise im Schlaf

CHANT DE L'ISOLÉ

À VENISE

Calme en la chambre nocturne,
Vacillement argenté du bougeoir
Sous le souffle chanteur
Du solitaire ;
Magie d'un nuage de roses

Un noirâtre essaim de mouches
Assombrit la chambre de pierre
Et le tourment du jour d'or
Fige la tête
Du sans-patrie

Immobile la mer fait nuit.
Étoile et noirâtre errance
Ont disparu sur le canal.
Enfant, ton sourire malade
Tout bas m'a suivi en sommeil

VORHÖLLE

An herbstlichen Mauen, es suchen Schatten dort
Am Hügel das tönende Gold
Weidende Abendwolken
In der Ruh verdorrter Platanen.
Dunklere Tränen odmet diese Zeit,
Verdammnis, da des Träumers Herz
Überfließt von purpurner Abendröte,
Der Schwermut der rauchenden Stadt;
Dem Schreitenden nachweht goldene Kühle
Dem Fremdling, vom Friedhof,
Als folgte im Schatten ein zarter Leichnam

Leise läutet der steinerne Bau;
Der Garten der Waisen, das dunkle Spital,
Ein rotes Schiff am Kanal.
Träumend steigen und sinken im Dunkel
Verwesende Menschen
Und aus schwärzlichen Toren
Treten Engel mit kalten Stirnen hervor;
Bläue, die Todesklagen der Mütter
Es rollt durch ihr langes Haar,
Ein feuriges Rad, der runde Tag
Der Erde Qual ohne Ende

In kühlen Zimmern ohne Sinn
Modert Gerät, mit knöchernen Händen
Tastet im Blau nach Märchen
Unheilige Kindheit,
Benagt die fette Ratte Tür und Truh,
Ein Herz
Erstarrt in schneeiger Stille.
Nachhallen die purpurnen Flüche
Des Hungers in faulendem Dunkel,
Die schwarzen Schwerter der Lüge,
Als schlüge zusammen ein ehernes Tor

LIMBES

Le long d'automnales murailles des ombres cherchent
Sur la colline l'or qui tinte
Nuages paissant au soir
Dans la paix de platanes brûlés.
Ce sont larmes plus sombres que respire ce temps,
Damnation, lors que le cœur du rêveur
Déborde de la pourpre du soir,
De la mélancolie de la ville fumante ;
Celui qui passe, l'étranger, derrière lui
Souffle une fraîcheur d'or venue du cimetière
Comme si dans l'ombre suivait un frêle cadavre.

Tout bas sonne la bâtisse de pierre ;
Le jardin de l'orphelinat, le sombre hôpital,
Un bateau rouge sur le canal.
Rêveurs montent et sombrent dans l'ombre
Des hommes en dissolution
Et de portails noirâtres
Sortent des anges au front froid ;
Bleuité, les plaintes funèbres des mères.
Roule de par leurs longs cheveux,
Roue de feu, le jour rond
La détresse infinie de la terre.

Dans de fraîches chambres absurdes
Moisissent les ustensiles ; de ses osseuses mains
Une enfance profane
Tâtonne dans le bleu à la quête de contes,
Le rat ventru ronge la porte et le bahut,
Un cœur
Se fige en silence de neige.
Les jurons pourpres de la faim
Retentissent dans l'obscurité pourrissante,
Les épées noires du mensonge,
Comme si claquait une porte d'airain.

DIE SONNE

Täglich kommt die gelbe Sonne über den Hügel.
Schön ist der Wald, das dunkle Tier,
Der Mensch; Jäger oder Hirt

Rötlich steigt im grünen Weiher der Fisch.
Unter dem runden Himmel
Fährt der Fischer leise im blauen Kahn

Langsam reift die Traube, das Korn
Wenn sich stille der Tag neigt,
Ist ein Gutes und Böses bereitet

Wenn es Nacht wird,
Hebt der Wanderer leise die schweren Lider;
Sonne aus finsterer Schlucht bricht

LE SOLEIL

Chaque jour le soleil jaune vient à la colline
Belle est la forêt, la bête obscure,
L'homme ; chasseur ou berger.

Rougeâtre le poisson monte dans l'étang vert
Sous le ciel rond
Le pêcheur passe tout bas dans une barque bleue

Lentement mûrissent la grappe, le blé
Quand le jour, calme décline,
Un bien et un mal sont tout prêts

Quand la nuit tombe
Le voyageur lève tout bas ses lourdes paupières,
Soleil jaillit d'un gouffre obscur

GESANG EINER GEFANGENEN AMSEL

Für Ludwig von Ficker

Dunkler Odem im grünen Gezweig.
Blaue Blümchen umschweben das Antlitz
Des Einsamen, den goldnen Schritt
Ersterbend unter dem Ölbaum.
Aufflattert mit trunknem Flügel die Nacht.
So leise blutet Demut,
Tau, der langsam tropft vom blühenden Dorn
Strahlender Arme Erbarmen
Umfängt ein brechendes Herz.

CHANT D'UN MERLE PRISONNIER

À Ludwig von Ficker

Souffle sombre aux verts branchages·
Fleurettes bleues baignent la face
Du solitaire et le pas d'or
Qui va mourant sous l'olivier.
La nuit de son aile ivre prend son vol
Si légère saigne l'humilité,
Rosée qui lente goutte de la ronce fleurie
La pitié de deux bras rayonnants
S'ouvre à un cœur qui se déchire·

SOMMER

Am Abend schweigt die Klage
Des Kuckucks im Wald
Tiefer neigt sich das Korn,
Der rote Mohn

Schwarzes Gewitter droht
Über dem Hügel
Das alte Lied der Grille
Erstirbt im Feld

Nimmer regt sich das Laub
Der Kastanie.
Auf der Wendeltreppe
Rauscht dein Kleid.

Stille leuchtet die Kerze
Im dunklen Zimmer;
Eine silberne Hand
Löschte sie aus;

Windstille, sternlose Nacht

ÉTÉ

Au soir se tait la plainte
Du coucou dans la forêt
Plus bas s'incline l'épi,
Le rouge pavot

Un orage noir menace
Au-dessus de la colline
Le vieux chant du grillon
Meurt dans la campagne

Plus rien n'émeut la frondaison
Du châtaignier.
Sur l'escalier tournant
Frémit ta robe

Calme brûle la bougie
Dans la pièce obscure ;
Une main d'argent
L'éteignit ;

Le vent se tait, nuit sans étoiles.

SOMMERSNEIGE

Der grüne Sommer ist so leise
Geworden, dein kristallenes Antlitz.
Am Abendweiher starben die Blumen,
Ein erschrockener Amselruf.

Vergebliche Hoffnung des Lebens. Schon rüstet
Zur Reise sich die Schwalbe im Haus
Und die Sonne versinkt am Hügel;
Schon winkt zur Sternenreise die Nacht.

Stille der Dörfer; es tönen rings
Die verlassenen Wälder. Herz,
Neige dich nun liebender
Über die ruhige Schläferin.

Der grüne Sommer ist so leise
Geworden und es läutet der Schritt
Des Fremdlings durch die silberne Nacht.
Gedächte ein blaues Wild seines Pfads,

Des Wohllauts seiner geistlichen Jahre!

DÉCLIN DE L'ÉTÉ

Le vert été est si léger
Maintenant, le cristal de ton visage.
Près de l'étang du soir les fleurs sont mortes,
Appel peureux d'un merle.

Espoir vain de la vie. Au voyage déjà
Dans la maison s'apprête l'hirondelle
Et le soleil s'abîme à la colline ;
Déjà la nuit invite au voyage stellaire.

Silence des villages ; alentour tintent
Les bois abandonnés. Cœur,
Penche-toi plus aimant
Sur la calme dormeuse.

Le vert été est si léger
Maintenant, et résonne le pas
De l'étranger dans l'argent de la nuit.
Qu'un gibier bleu garde le souvenir de son chemin.

De l'harmonie de ses années spirituelles.

JAHR

Dunkle Stille der Kindheit. Unter grünenden Eschen
Weidet die Sanftmut bläulichen Blickes; goldene Ruh.
Ein Dunkles entzückt der Duft der Veilchen; schwankende
[Ähren
Im Abend, Samen und die goldenen Schatten der Schwermut.
Balken behaut der Zimmermann; im dämmernden Grund
Mahlt die Mühle; im Hasellaub wölbt sich ein purpurner
[Mund,
Männliches rot über schweigende Wasser geneigt.
Leise ist der Herbst, der Geist des Waldes; goldene Wolke
Folgt dem Einsamen, der schwarze Schatten des Enkels.
Neige in steinernem Zimmer; unter alten Zypressen
Sind der Tränen nächtige Bilder zum Quell versammelt;
Goldenes Auge des Anbeginns, dunkle Geduld des Endes.

ANNÉE

Calme obscur de l'enfance. Sous des frênes verdoyants
Pâture la douceur d'un bleuâtre regard ; repos d'or.
Le parfum des violettes ravit une âme obscure ; épis qui se [balancent
Dans le soir, semence et ombres d'or de la mélancolie.
Le charpentier taille des poutres ; dans la combe crépusculaire
Le moulin tourne ; dans les feuilles du noisetier se galbe une [bouche pourpre,
Virilité penchée rouge sur des eaux taciturnes.
Il est léger l'automne, l'esprit de la forêt ; un nuage d'or
Suit le solitaire, l'ombre noire du descendant.
Déclin dans la chambre de pierre ; sous de vieux cyprès
Les images nocturnes des larmes ont conflué en une source ;
Œil d'or des origines, patience obscure de la fin.

ABENDLAND

Else Lasker-Schüler in Verehrung

1

Mond, als träte ein Totes
Aus blauer Höhle,
Und es fallen der Blüten
Viele über den Felsenpfad.
Silbern weint ein Krankes
Am Abendweiher,
Auf schwarzem Kahn
Hinüberstarben Liebende.

Oder es läuten die Schritte
Elis' durch den Hain
Den hyazinthenen
Wieder verhallend unter Eichen.
O des Knaben Gestalt
Geformt aus kristallenen Tränen,
Nächtigen Schatten.
Zackige Blitze erhellen die Schläfe
Die immerkühle,
Wenn am grünenden Hügel
Frühlingsgewitter ertönt.

2

So leise sind die grünen Wälder
Unsrer Heimat,
Die kristallne Woge
Hinsterbend an verfallner Mauer
Und wir haben im Schlaf geweint;
Wandern mit zögernden Schritten
An der dornigen Hecke hin
Singende im Abendsommer,
In heiliger Ruh
Des fern verstrahlenden Weinbergs;

OCCIDENT

En hommage à Else Lasker-Schüler

1

Lune, telle une vie morte
Sortant d'une grotte bleue,
Et des fleurs tombent
En nombre sur le chemin rocheux.
Pleurs d'argent d'une vie malade
Près de l'étang vespéral,
Sur une barque noire
Trépassèrent des amants.

Ou bien sonnent les pas
D'Elis par le bosquet
De jacinthe,
Écho s'estompant sous les chênes.
Ô silhouette de l'enfant
Formée de larmes de cristal,
D'ombres nocturnes.
Des éclairs zigzaguant illuminent la tempe
Toujours fraîche,
Quand sur la verdoyante colline
L'orage de printemps retentit.

2

Elles sont si légères les vertes forêts
De notre pays,
La vague de cristal
Se mourant contre le mur qui croule
Et nous avons pleuré en dormant ;
Longent à pas indécis
La haie de ronces
Des êtres chantant dans l'été vespéral
Et dans la paix sacrée
Du vignoble qui lance au lointain ses rayons ;

Schatten nun im kühlen Schoß
Der Nacht, trauernde Adler.
So leise schließt ein mondener Strahl
Die purpurnen Male der Schwermut.

3

Ihr großen Städte
Steinern aufgebaut
In der Ebene!
So sprachlos folgt
Der Heimatlose
Mit dunkler Stirne dem Wind,
Kahlen Bäumen am Hügel.
Ihr weithin dämmernden Ströme!
Gewaltig ängstet
Schaurige Abendröte
Im Sturmgewölk.
Ihr sterbenden Völker!
Bleiche Woge
Zerschellend am Strande der Nacht,
Fallende Sterne.

Ombres à présent dans le sein frais
De la nuit, aigles éplorés.
Si léger referme un rayon de lune
Les stigmates pourpres de la mélancolie.

3

Grandes villes
De pierre
Dans la plaine !
Tellement taciturne
Suit le sans-patrie
Au sombre front, le vent,
Les arbres nus sur la colline.
Fleuves lançant au loin vos lueurs !
Angoisse violemment
L'horrible rouge du soir
Dans les nuées de la tempête.
Peuples mourants !
Vague blême
Se fracassant contre les rives de la nuit,
Chute d'étoiles.

FRÜHLING DER SEELE

Aufschrei im Schlaf; durch schwarze Gassen stürzt der Wind,
Das Blau des Frühlings winkt durch brechendes Geäst,
Purpurner Nachttau und es erlöschen rings die Sterne.
Grünlich dämmert der Fluß, silbern die alten Alleen
Und die Türme der Stadt. O sanfte Trunkenheit
Im gleitenden Kahn und die dunklen Rufe der Amsel
In kindlichen Gärten. Schon lichtet sich der rosige Flor.

Feierlich rauschen die Wasser. O die feuchten Schatten der [Au,
Das schreitende Tier; Grünendes, Blütengezweig
Rührt die kristallene Stirne; schimmernder Schaukelkahn.
Leise tönt die Sonne im Rosengewölk am Hügel.
Groß ist die Stille des Tannenwalds, die ernsten Schatten am [Fluß.

Reinheit! Reinheit! Wo sind die furchtbaren Pfade des [Todes,
Des grauen steinernen Schweigens, die Felsen der Nacht
Und die friedlosen Schatten? Strahlender Sonnenabgrund.

Schwester, da ich dich fand an einsamer Lichtung
Des Waldes und Mittag war und groß das Schweigen des [Tiers;
Weiße unter wilder Eiche, und es blühte silbern der Dorn.
Gewaltiges Sterben und die singende Flamme im Herzen.

Dunkler umfließen die Wasser die schönen Spiele der Fische.
Stunde der Trauer, schweigender Anblick der Sonne;
Es ist die Seele ein Fremdes auf Erden. Geistlich dämmert
Bläue über dem verhauenen Wald und es läutet

PRINTEMPS DE L'ÂME

Cri jaillissant dans le sommeil ; le vent s'abat dans les rues
[noires,
Le bleu du printemps cligne par les cassures du branchage,
Rosée pourpre de la nuit et alentour s'éteignent les étoiles.
La rivière prend une lueur verdâtre, d'argent les vieilles
[allées.
Et les tours de la ville. Ô douce ivresse
Dans la barque qui glisse et les obscurs appels du merle
Dans des jardins d'enfance ; déjà s'éclaire la rose floraison.

Solennelles les eaux bruissent. Ô les ombres humides du pré,
L'animal qui s'avance ; verdoiement, des ramures en fleurs
Frôlent le front de cristal ; barque berceuse et chatoyante.
Tout bas le soleil tinte en un brouillard de roses au flanc de la
[colline.
Il est puissant, le calme des sapins, les ombres graves à la
[rivière.

Pureté ! Pureté ! Où sont-ils, les terribles sentiers de la mort,
Des pierres grises du silence, les rocs de la nuit
Et les ombres sans paix ? Rayonnant abîme du soleil.

Sœur, lors que je te trouvai dans la clairière solitaire
De la forêt, c'était midi, profond le silence de l'animal ;
Blanche sous le chêne sauvage, et la ronce, argentée fleuris-
[sait.
Violente mort et la flamme chantante au cœur.

Plus obscures les eaux baignent les beaux jeux des poissons.
Heure du deuil, contemplation muette du soleil ;
L'âme est un étranger sur terre. Mystique
Luit une bleuité sur les fûts abattus et longuement

Lange eine dunkle Glocke im Dorf; friedlich Geleit.
Stille blüht die Myrthe über den weißen Lidern des Toten.

Leise tönten die Wasser im sinkenden Nachmittag
Und es grünet dunkler die Wildnis am Ufer, Freude im
[rosigen Wind;
Der sanfte Gesang des Bruders am Abendhügel.

Sonne une cloche obscure au village ; paisible accompagne-
[ment.
Calme fleurit le myrte sur les blanches paupières du mort.

Tout bas tintent les eaux dans la tombée du soir
Et plus obscur verdit le sauvage chaos sur la rive, joie dans le
[vent rose ;
Le tendre chant du frère sur la colline vespérale.

IM DUNKEL

Es schweigt die Seele den blauen Frühling.
Unter feuchtem Abendgezweig
Sank in Schauern die Stirne den Liebenden.

O das grünende Kreuz. In dunklem Gespräch
Erkannten sich Mann und Weib.
An kahler Mauer
Wandelt mit seinen Gestirnen der Einsame.

Über die mondbeglänzten Wege des Walds
Sank die Wildnis
Vergessener Jagden; Blick der Bläue
Aus verfallenen Felsen bricht.

DANS L'OBSCUR

L'âme tait le printemps bleu.
Sous les branches humides du soir
S'abîma en frissons le front des amants.

Ô la croix verdoyante. En un dialogue obscur
Se sont connus l'homme et la femme.
Le long du mur nu
Erre le solitaire en compagnie de ses étoiles.

Sur les sentiers de la forêt baignés de lune
S'abîma la sauvagerie
De chasses oubliées ; l'œil de la bleuité
Jaillit de rocs écroulés.

GESANG DES ABGESCHIEDENEN

An Karl Borromaeus Heinrich

Voll Harmonien ist der Flug der Vögel. Es haben die grünen
[Wälder
Am Abend sich zu stilleren Hütten versammelt;
Die kristallenen Weiden des Rehs.
Dunkles besänftigt das Plätschern des Bachs, die feuchten
[Schatten

Und die Blumen des Sommers, die schön im Winde läuten.
Schon dämmert die Stirne dem sinnenden Menschen.

Und es leuchtet ein Lämpchen, das Gute, in seinem Herzen
Und der Frieden des Mahls; denn geheiligt ist Brot und Wein
Von Gottes Händen, und es schaut aus nächtigen Augen
Stille dich der Bruder an, daß er ruhe von dorniger Wander-
[schaft.
O das Wohnen in der beseelten Bläue der Nacht.

Liebend auch umfängt das Schweigen im Zimmer die Schatten
[der Alten,
Die purpurnen Martern, Klage eines großen Geschlechts,
Das fromm nun hingeht im einsamen Enkel.

Denn strahlender immer erwacht aus schwarzen Minuten des
[Wahnsinns
Der Duldende an versteinerter Schwelle
Und es umfängt ihn gewaltig die kühle Bläue und die
[leuchtende Neige des Herbstes,

Das stille Haus und die Sagen des Waldes,
Maß und Gesetz und die mondenen Pfade der Abgeschie-
[denen.

CHANT DE L'ISOLÉ

À Karl Borromaeus Heinrich

Il est plein d'harmonie le vol des oiseaux. Les vertes forêts
Se sont serrées le soir autour des huttes apaisées ;
Pâtures cristallines du chevreuil.
L'âme obscure se calme au clapotis du ru et aux ombres
[humides

Et aux fleurs de l'été qui si belles dans le vent tintent.
Une lueur crépusculaire baigne déjà le front d'un qui médite.

Luit alors en son cœur une petite lampe, le bien,
Et la paix du repas ; car le pain et le vin sont bénis
Par les mains de Dieu, et de ses yeux cernés de nuit te
[contemple
Paisible ton frère afin de reposer de l'épineuse errance.
Ô habiter la bleuité qu'est l'âme de la nuit.

Avec amour aussi le silence dans la chambre enveloppe les
[ombres des ancêtres,
Les pourpres martyres, plainte d'une grande race
Qui pieusement se meurt dans le descendant solitaire.

Car plus rayonnant toujours s'éveille des noires minutes de la
[démence
Un qui endure sur le seuil pétrifié
Et violentes l'enveloppent la fraîche bleuité et la chute
[lumineuse de l'automne,

La paisible demeure et les légendes de la forêt,
Mesure et loi et les chemins lunaires des Isolés.

TRAUM UND UMNACHTUNG

Am Abend ward zum Greis der Vater; in dunklen Zimmern versteinerte das Antlitz der Mutter und auf dem Knaben lastete der Fluch des entarteten Geschlechts. Manchmal erinnerte er sich seiner Kindheit, erfüllt von Krankheit, Schrecken und Finsternis, verschwiegener Spiele im Sternengarten, oder daß er die Ratten fütterte im dämmernden Hof. Aus blauem Spiegel trat die schmale Gestalt der Schwester und er stürzte wie tot ins Dunkel. Nachts brach sein Mund gleich einer roten Frucht auf und die Sterne erglänzten über seiner sprachlosen Trauer. Seine Traüme erfüllten das alte Haus der Väter. Am Abend ging er gerne über den verfallenen Friedhof, oder er besah in dämmernder Totenkammer die Leichen, die grünen Flecken der Verwesung auf ihren schönen Händen. An der Pforte des Klosters bat er um ein Stück Brot; der Schatten eines Rappen sprang aus dem Dunkel und erschreckte ihn. Wenn er in seinem kühlen Bette lag, überkamen ihn unsägliche Tränen. Aber es war niemand, der die Hand auf seine Stirne gelegt hätte. Wenn der Herbst kam, ging er, ein Hellseher, in brauner Au. O, die Stunden wilder Verzückung, die Abende am grünen Fluß, die Jagden. O, die Seele, die leise das Lied des vergilbten Rohrs sang; feurige Frömmigkeit. Stille sah er und lang in die Sternenaugen der Kröte, befühlte mit erschauernden Händen die Kühle des alten Steins und besprach die ehrwürdige Sage des blauen Quells. O, die silbernen Fische und die Früchte, die von verkrüppelten Bäumen fielen. Die Akkorde seiner Schritte erfüllten ihn mit Stolz und Menschenverachtung. Am Heimweg traf er ein unbewohntes Schloß. Verfallene Götter standen im Garten, hintrauernd am Abend. Ihm aber schien: hier lebte ich vergessene Jahre. Ein Orgelchoral erfüllte ihn mit Gottes Schauern. Aber in dunkler Höhle verbrachte er seine Tage, log und stahl und verbarg sich, ein flammender Wolf, vor dem weißen Antlitz der Mutter. O, die Stunde, da er mit steinernem Munde im Sternengarten hinsank, der Schatten des Mörders über ihn kam. Mit purpurner Stirne ging er ins Moor und Gottes Zorn züchtigte seine metallenen

LE RÊVE ET LA DÉMENCE

Au soir, le père devint vieillard ; en d'obscures pièces se pétrifia la face de la mère et sur le jeune garçon pesait la malédiction d'une race dégénérée. Il se souvenait parfois de son enfance peuplée de maladie, de terreur, de ténèbre, se souvenait des jeux secrets dans le jardin constellé, ou bien d'avoir nourri les rats dans la cour crépusculaire. D'un miroir bleu sortit la mince silhouette de la sœur et il s'écroula comme mort dans l'obscur. La nuit, sa bouche se fendit comme un fruit rouge et les étoiles illuminèrent sa détresse sans voix. Ses rêves emplissaient la vieille maison de ses ancêtres. Il aimait, le soir, parcourir le cimetière vétuste ou bien, dans la chambre des morts crépusculaire, contempler les cadavres, les vertes plaques de dissolution sur leurs belles mains. À la porte du cloître il mendia un morceau de pain ; l'ombre d'un cheval noir jaillit de l'obscur et l'épouvanta. Couché dans son lit froid, il était inondé de larmes indicibles. Mais il n'était personne pour poser une main sur son front. Quand arrivait l'automne il s'en allait, voyant, de par la prairie brune. Ô les heures d'extase sauvage, les soirs au bord du fleuve vert, les chasses. Ô l'âme qui tout bas murmurait la chanson des joncs jaunis ; piété de feu. Calme, il regardait longtemps les yeux étoilés du crapaud, explorait de ses mains frissonnantes la fraîcheur de la vieille pierre et conjurait la glorieuse légende de la source bleue. Ô les poissons d'argent et les fruits qui tombaient des arbres rabougris. Les accords de ses pas l'emplissaient de fierté et de mépris pour l'homme. Sur le chemin du retour il découvrit un château inhabité. Des dieux vétustes se dressaient dans le parc, s'affligeant dans le soir. Or il eut l'impression : j'ai vécu ici des années oubliées. Un choral à l'orgue l'envahit des frémissements de Dieu. Mais c'est dans une grotte obscure que s'écoulaient ses jours, il mentait, il volait et se cachait, loup de flamme, devant la face blanche de la mère. Ô l'heure qu'il s'effondra, bouche de pierre dans le jardin constellé, l'ombre de l'assassin au-dessus de lui. Le front pourpre, il s'en alla dans les marais et le courroux de Dieu fustigeait ses épaules de métal ; ô les

Schultern; o, die Birken im Sturm, das dunkle Getier, das seine umnachteten Pfade mied. Haß verbrannte sein Herz, Wollust, da er im grünenden Sommergarten dem schweigenden Kind Gewalt tat, in dem strahlenden sein umnachtetes Antlitz erkannte. Weh, des Abends am Fenster, da aus purpurnen Blumen, ein gräulich Gerippe, der Tod trat. O, ihr Türme und Glocken; und die Schatten der Nacht fielen steinern auf ihn.

Niemand liebte ihn. Sein Haupt verbrannte Lüge und Unzucht in dämmernden Zimmern. Das blaue Rauschen eines Frauengewandes ließ ihn zur Säule erstarren und in der Tür stand die nächtige Gestalt seiner Mutter. Zu seinen Häupten erhob sich der Schatten des Bösen. O, ihr Nächte und Sterne. Am Abend ging er mit dem Krüppel am Berge hin; auf eisigem Gipfel lag der rosige Glanz der Abendröte und sein Herz läutete leise in der Dämmerung. Schwer sanken die stürmischen Tannen über sie und der rote Jäger trat aus dem Wald. Da es Nacht ward, zerbrach kristallen sein Herz und die Finsternis schlug seine Stirne. Unter kahlen Eichbäumen erwürgte er mit eisigen Händen eine wilde Katze. Klagend zur Rechten erschien die weiße Gestalt eines Engels, und es wuchs im Dunkel der Schatten des Krüppels. Er aber hob einen Stein und warf ihn nach jenem, daß er heulend floh, und seufzend verging im Schatten des Baums das sanfte Antlitz des Engels. Lange lag er auf steinigem Acker und sah staunend das goldene Zelt der Sterne. Von Fledermäusen gejagt, stürzte er fort ins Dunkel. Atemlos trat er ins verfallene Haus. Im Hof trank er, ein wildes Tier, von den blauen Wassern des Brunnens, bis ihn fror. Fiebernd saß er auf der eisigen Stiege, rasend gen Gott, daß er stürbe. O, das graue Antlitz des Schreckens, da er die runden Augen über einer Taube zerschnittener Kehle aufhob. Huschend über fremde Stiegen begegnete er einem Judenmädchen und er griff nach ihrem schwarzen Haar und er nahm ihren Mund. Feindliches folgte ihm durch finstere Gassen und sein Ohr zerriß ein eisernes Klirren. An herbstlichen Mauern folgte er, ein Mesnerknabe, stille dem schweigenden Priester; unter verdorrten Bäumen atmete er trunken den Scharlach jenes ehrwürdigen Gewands. O, die verfallene Scheibe der Sonne. Süße Martern verzehrten sein Fleisch. In einem verödeten Durchhaus erschien ihm starrend von Unrat seine blutende Gestalt. Tiefer liebte er die erhabenen Werke des Steins; den Turm, der mit höllischen Fratzen nächtlich den blauen Sternenhimmel stürmt; das

bouleaux dans la tempête, les bêtes obscures évitant ses chemins nocturnes de démence. La haine consumait son cœur, et la volupté, lors que, dans le verdoyant jardin d'été, il violenta l'enfant muette, reconnaissant dans le visage rayonnant sa propre face nocturne de démence. Malheur, le soir à la fenêtre, lors que de pourpres fleurs émergeait un squelette grisâtre, la mort. Ô tours et cloches ; et les ombres de la nuit churent sur lui, pétrifiées.

Personne ne l'aimait. Le mensonge et la luxure consumaient sa tête dans les pièces crépusculaires. Le froufrou bleu d'une robe de femme le figeait en colonne, et dans l'embrasure de la porte apparaissait la silhouette nocturne de la mère. À son chevet se dressait l'ombre du mal. Ô nuits, ô étoiles. Le soir, il longea la montagne avec l'infirme ; sur la cime de glace se posait l'éclat rose du soir et son cœur tinta tout bas dans le crépuscule. Lourdement les sapins déchaînés s'inclinaient au-dessus d'eux et le chasseur rouge sortit de la forêt. Comme la nuit venait, son cœur se brisa en cristal et les ténèbres le frappèrent au front. Sous des chênes dénudés, il égorgea de ses mains de glace un chat sauvage. À sa droite apparut, se lamentant, la blanche silhouette d'un ange et dans l'obscur crût l'ombre de l'infirme. Or lui ramassa une pierre et la jeta sur celui-là qui s'enfuit en hurlant, et, soupirant, le tendre visage de l'ange s'évanouit dans l'ombre de l'arbre. Longtemps il resta étendu sur le champ pierreux, regardant étonné la tente d'or des astres. Chassé par les chauves-souris, il se précipita dans les ténèbres. Hors d'haleine, il entra dans la maison vétuste. Dans la cour, bête sauvage il but aux eaux bleues du puits jusqu'à ce qu'il eût froid. Fiévreux, il était installé dans l'escalier glacial déchaîné contre Dieu dans son désir de mourir. Ô la face grise de la terreur, lors qu'il levait des yeux ronds sur la gorge tranchée d'un pigeon. Se faufilant par des escaliers étrangers, il rencontra une jeune juive, l'attrapa par ses cheveux noirs et lui prit la bouche. Une hostilité le suivait dans les rues ténébreuses et un cliquetis métallique déchira son oreille. Le long des murs d'automne, enfant de chœur il suivit en silence le prêtre muet ; sous les arbres brûlés il huma, enivré, l'écarlate de cette robe vénérable. Ô le disque vétuste du soleil. De douces tortures dévoraient sa chair. Dans un passage abandonné lui apparut, figée par les ordures, sa silhouette sanglante. Il aima plus profondément les œuvres sublimes de la pierre ; la tour qui, de ses grimaces infernales, se lance dans la nuit à l'assaut du bleu ciel

kühle Grab, darin des Menschen feuriges Herz bewahrt ist. Weh, der unsäglichen Schuld, die jenes kundtut. Aber da er Glühendes sinnend der herbstlichen Fluß hinabging unter kahlen Bäumen hin, erschien in härenem Mantel ihm, ein flammender Dämon, die Schwester. Beim Erwachen erloschen zu ihren Häuptern die Sterne.

O des verfluchten Geschlechts. Wenn in befleckten Zimmern jegliches Schicksal vollendet ist, tritt mit modernden Schritten der Tod in das Haus. O, daß draußen Frühling wäre und im blühenden Baum ein lieblicher Vogel sänge. Aber gräulich verdorrt das spärliche Grün an den Fenstern der Nächtlichen und es sinnen die blutenden Herzen noch Böses. O, die dämmernden Frühlingswege des Sinnenden. Gerechter erfreut ihn die blühende Hecke, die junge Saat des Landmanns und der singende Vogel, Gottes sanftes Geschöpf; die Abendglocke und die schöne Gemeine der Menschen. Daß er seines Schicksals vergäße und des dornigen Stachels. Frei ergrünt der Bach, wo silbern wandelt sein Fuß, und ein sagender Baum rauscht über dem umnachteten Haupt ihm. Also hebt er mit schmächtiger Hand die Schlange, und in feurigen Tränen schmolz ihm das Herz hin. Erhaben ist das Schweigen des Walds, ergrüntes Dunkel und das moosige Getier, aufflatternd, wenn es Nacht wird. O der Schauer, da jegliches seine Schuld weiß, dornige Pfade geht. Also fand er im Dornenbusch die weiße Gestalt des Kindes, blutend nach dem Mantel seines Bräutigams. Er aber stand vergraben in sein stählernes Haar stumm und leidend vor ihr. O die strahlenden Engel, die der purpurne Nachtwind zerstreute. Nachtlang wohnte er in kristallener Höhle und der Aussatz wuchs silbern auf seiner Stirne. Ein Schatten ging er den Saumpfad hinab unter herbstlichen Sternen. Schnee fiel, und blaue Finsternis erfüllte das Haus. Eines Blinden klang die harte Stimme des Vaters und beschwor das Grauen. Weh der gebeugten Erscheinung der Frauen. Unter erstarrten Händen verfielen Frucht und Gerät dem entsetzten Geschlecht. Ein Wolf zerriß das Erstgeborene und die Schwestern flohen in dunkle Gärten zu knöchernen Greisen. Ein umnachteter Seher sang jener an verfallenen Mauern und seine Stimme verschlang Gottes Wind. O die Wollust des Todes. O ihr Kinder eines dunklen Geschlechts. Silbern schimmern die bösen Blumen des Bluts an jenes Schläfe, der kalte Mond in seinen zerbrochenen Augen. O, der Nächtlichen; o, der Verfluchten.

constellé ; la fraîche tombe qui renferme le cœur de feu de l'homme. Malheur, cette indicible faute que ce cœur nous révèle. Mais lors que, plongé en des songes brûlants, il descendait le long du fleuve automnal sous les arbres dénudés, lui apparut dans un manteau de crin, démon de flamme, la sœur. Lorsqu'ils se réveillèrent, à leur chevet s'éteignaient les étoiles.

Ô la race maudite. Quand en des pièces maculées chaque destin est accompli, la mort entre à pas putrescents dans la demeure. Ô puisse dehors faire printemps et dans l'arbre en fleurs chanter un oiseau adorable. Mais grisâtre se fane la maigre verdure aux fenêtres des nocturnes, et les cœurs sanglants ourdissent encore le mal. Ô les chemins crépusculaires et printaniers de qui médite. Une plus juste joie lui est donnée par la haie en fleurs, la jeune semence du paysan et l'oiseau chanteur, tendre créature de Dieu ; l'angélus du soir et la belle communauté des hommes. Puisse-t-il oublier son destin et la ronce épineuse. Libre, le ruisseau verdit là où passe son pied d'argent, et un arbre qui parle bruit au-dessus de sa tête nocturne de démence. Il ramasse donc d'une main épuisée le serpent, et en larmes de feu son cœur fondit. Il est sublime, le silence de la forêt, obscur qui verdoya, et les bêtes moussues qui s'envolent quand vient la nuit. Ô le frisson, lors que chacun connaît sa faute et suit des sentiers épineux. Il découvrit donc dans le buisson de ronces la blanche forme de l'enfant dont le sang appelait le manteau de l'époux. Mais lui, enfoui dans ses cheveux d'acier, restait muet et douloureux devant elle. Ô anges rayonnants que le vent pourpre de la nuit dispersa. Toute la nuit il habita dans une grotte de cristal et la lèpre, argentée envahit son front. Ombre il descendit le sentier de l'orée sous les étoiles de l'automne. Il neigea, et la ténèbre bleue envahit la maison. Telle celle d'un aveugle, la dure voix du père claqua, et conjura la terreur. Malheur, la prostration des femmes. Entre ses mains figées, une race épouvantée vit crouler le fruit et l'ustensile. Un loup déchiqueta la première vie née et les sœurs s'enfuirent dans des jardins obscurs rejoindre des vieillards osseux. Celui-là, voyant nocturne de démence, chanta sur des murailles écroulées, et le vent de Dieu engloutit sa voix. Ô la volupté de la mort. Ô enfants d'une race obscure. Argentées, les fleurs mauvaises du sang luisent sur la tempe de celui-là, la froide lune en ses yeux brisés. Ô les nocturnes, ô les maudits.

Tief ist der Schlummer in dunklen Giften, erfüllt von Sternen und dem weißen Antlitz der Mutter, dem steinernen. Bitter ist der Tod, die Kost der Schuldbeladenen; in dem braunen Geäst des Stamms zerfielen grinsend die irdenen Gesichter. Aber leise sang jener im grünen Schatten des Hollunders, da er aus bösen Träumen erwachte; süßer Gespiele nahte ihm ein rosiger Engel, daß er, ein sanftes Wild, zur Nacht hinschlummerte; und er sah das Sternenantlitz der Reinheit. Golden sanken die Sonnenblumen über den Zaun des Gartens, da es Sommer ward. O, der Fleiß der Bienen und das grüne Laub des Nußbaums; die vorüberziehenden Gewitter. Silbern blühte der Mohn auch, trug in grüner Kapsel unsere nächtigen Sternenträume. O, wie stille war das Haus, als der Vater ins Dunkel hinging. Purpurn reifte die Frucht am Baum und der Gärtner rührte die harten Hände; o die härenen Zeichen in strahlender Sonne. Aber stille trat am Abend der Schatten des Toten in den trauernden Kreis der Seinen und es klang kristallen sein Schritt über die grünende Wiese vorm Wald. Schweigende versammelten sich jene am Tisch; Sterbende brachen sie mit wächsernen Händen das Brot, das blutende. Weh der steinernen Augen der Schwester, da beim Mahle ihr Wahnsinn auf die nächtige Stirne des Bruders trat, der Mutter unter leidenden Händen das Brot zu Stein ward. O der Verwesten, da sie mit silbernen Zungen die Hölle schwiegen. Also erloschen die Lampen im kühlen Gemach und aus purpurnen Masken sahen schweigend sich die leidenden Menschen an. Die Nacht lang rauschte ein Regen und erquickte die Flur. In dorniger Wildnis folgte der Dunkle den vergilbten Pfaden im Korn, dem Lied der Lerche und der sanften Stille des grünen Gezweigs, daß er Frieden fände. O, ihr Dörfer und moosigen Stufen, glühender Anblick. Aber beinern schwanken die Schritte über schlafende Schlangen am Waldsaum und das Ohr folgt immer dem rasenden Schrei des Geiers. Steinige Öde fand er am Abend, Geleite eines Toten in das dunkle Haus des Vaters. Purpurne Wolke umwölkte sein Haupt, daß er schweigend über sein eigenes Blut und Bildnis herfiel, ein mondenes Antlitz; steinern ins Leere hinsank, da in zerbrochenem Spiegel, ein sterbender Jüngling, die Schwester erschien; die Nacht das verfluchte Geschlecht verschlang.

Il est profond, le sommeil en des poisons obscurs, peuplé d'étoiles et de la face blanche de la mère, face de pierre. Elle est amère, la mort, nourriture de ceux qu'accable la faute ; dans les branches brunes du tronc, les visages de glaise en ricanant se sont décomposés. Mais celui-là chanta tout bas dans l'ombre verte du sureau, lors qu'il se réveillait de ses rêves mauvais ; doux compagnon de jeux, un ange rose s'approcha de lui afin que, tendre gibier, il se perdît dans le sommeil nocturne ; il vit alors la face constellée de la pureté. Dorés, les tournesols s'inclinaient sur la clôture du jardin, lors que venait l'été. Ô diligence des abeilles et vert feuillage du noyer ; les orages qui passent. Le pavot lui aussi éclosait, argenté, portant dans sa verte capsule les rêves constellés de nos nuits. Ô quel calme en la demeure quand le père s'en alla vers l'obscur. Pourpre, le fruit mûrissait sur l'arbre, et les mains rudes du jardinier s'affairaient : ô signes de crin dans le soleil rayonnant. Mais en silence l'ombre du mort entra le soir dans le cercle éploré des siens, et son pas résonna cristallin sur la verdoyante prairie devant la forêt. Silencieux, ceux-là se rassemblèrent autour de la table ; mourants, ils rompirent le pain, le pain sanglant, de leurs osseuses mains. Malheur, les yeux de pierre de la sœur, lors qu'au cours du repas sa folie apparut sur le front nocturne du frère, que dans les mains douloureuses de la mère le pain devenait pierre. Ô corps pourris, lors que de leur langue d'argent ils taisaient l'enfer. Les lampes donc s'éteignirent dans la pièce fraîche, et à travers des masques pourpres des êtres douloureux se contemplèrent, muets. Toute la nuit la pluie bruya, rafraîchissant la plaine. En un sauvage chaos de ronces, l'obscur suivit les sentiers jaunis qui traversaient les blés, le chant de l'alouette et le tendre silence des verts branchages afin de trouver la paix. Ô villages et degrés moussus, vision brûlante. Mais les pas, osseux chancellent sur des serpents dormeurs à la lisière de la forêt, et l'oreille suit sans relâche le cri forcené du vautour. Il rencontra le soir un désert de pierre, cortège d'un mort vers l'obscure demeure du père. Un nuage pourpre ennuaga sa tête, alors il se rua, taciturne, sur son propre sang et sa propre image, face lunaire ; sombra pierreux dans le vide, lors qu'en un miroir brisé, adolescent mourant apparaissait la sœur ; et que la nuit engloutissait cette race maudite.

POÈMES PUBLIÉS DANS LE « BRENNER » 1914-1915

Veröffentlichungen im « Brenner »

IN HELLBRUNN

Wieder folgend der blauen Klage des Abends
Am Hügel hin, am Frühlingsweiher —
Als schwebten darüber die Schatten lange Verstorbener,
Die Schatten der Kirchenfürsten, edler Frauen —
Schon blühen ihre Blumen, die ernsten Veilchen
Im Abendgrund, rauscht des blauen Quells
Kristallne Woge. So geistlich ergrünen
Die Eichen über den vergessenen Pfaden der Toten,
Die goldene Wolke über dem Weiher.

À HELLBRUNN

Suivant de nouveau la plainte bleue du soir
Le long de la colline, de l'étang printanier —
Comme s'il y flottait l'ombre de morts anciens,
L'ombre des princes de l'Église, de nobles dames —
Leurs fleurs s'ouvrent déjà, les graves violettes
Dans la combe du soir, bruit de la source bleue
La vague de cristal. Mystique verdoiement
Des chênes sur les sentiers oubliés des défunts,
L'or des nuages au-dessus de l'étang.

DAS HERZ

Das wilde Herz ward weiß am Wald;
O dunkle Angst
Des Todes, so das Gold
In grauer Wolke starb.
Novemberabend.
Am kahlen Tor am Schlachthaus stand
Der armen Frauen Schar;
In jeden Korb
Fiel faules Fleisch und Eingeweid;
Verfluchte Kost!

Des Abends blaue Taube
Brachte nicht Versöhnung.
Dunkler Trompetenruf
Durchfuhr der Ulmen
Nasses Goldlaub,
Eine zerfetzte Fahne
Vom Blute rauchend,
Daß in wilder Schwermut
Hinlauscht ein Mann.
O! ihr ehernen Zeiten
Begraben dort im Abendrot.

Aus dunklem Hausflur trat
Die goldne Gestalt
Der Jünglingin
Umgeben von bleichen Monden,
Herbstlicher Hofstaat,
Zerknickten schwarze Tannen
Im Nachtsturm,
Die steile Festung.
O Herz
Hinüberschimmernd in schneeige Kühle.

LE CŒUR

Le cœur sauvage fut blancheur au bord du bois ;
Ô sombre effroi
De la mort, tel l'or
Qui mourut dans le nuage gris.
Soir de novembre.
Au portail nu des abattoirs attendait
La horde des pauvresses ;
Dans chaque panier
Tombaient viande avariée, abats ;
Maudite nourriture !

La colombe bleue du soir
N'apporta point la paix.
L'appel noir des trompettes
Traversa l'humide branchage
D'or des ormes,
Un drapeau déchiqueté
Fumant de sang
À tel point qu'en sa mélancolie sauvage
Un homme tend l'oreille.
Ô ! temps d'airain
Ensevelis là-bas dans le rouge du soir.

De la porte sombre de la demeure
Émergea la silhouette d'or
De l'adolescente
Entourée de lunes blêmes,
Pompe automnale,
Des sapins noirs se sont brisés
Dans la tempête nocturne,
L'abrupte forteresse.
Ô cœur
Qui passe en chatoyant dans la fraîcheur de neige.

DER SCHLAF

Verflucht ihr dunklen Gifte,
Weißer Schlaf!
Dieser höchst seltsame Garten
Dämmernder Bäume
Erfüllt von Schlangen, Nachtfaltern,
Spinnen, Fledermäusen.
Fremdling! Dein verlorner Schatten
Im Abendrot,
Ein finsterer Korsar
Im salzigen Meer der Trübsal.
Aufflattern weiße Vögel am Nachtsaum
Über stürzenden Städten
Von Stahl.

LE SOMMEIL

Maudits, sombres poisons,
Sommeil blanc !
Ce très étrange jardin
D'arbres crépusculaires
Où foisonnent serpents et papillons de nuit,
Araignées et chauves-souris.
Étranger ! Ton ombre perdue
Dans le rouge du soir,
Un corsaire obscur
Sur l'océan de sel du spleen.
De blancs oiseaux prennent leur vol
À la lisière de la nuit
Sur l'écroulement des villes
D'acier.

DAS GEWITTER

Ihr wilden Gebirge, der Adler
Erhabene Trauer.
Goldnes Gewölk
Raucht über steinerner Öde.
Geduldige Stille odmen die Föhren,
Die schwarzen Lämmer am Abgrund,
Wo plötzlich die Bläue
Seltsam verstummt,
Das sanfte Summen der Hummeln.
O grüne Blume —
O Schweigen.

Traumhaft erschüttern des Wildbachs
Dunkle Geister das Herz,
Finsternis,
Die über die Schluchten hereinbricht!
Weiße Stimmen
Irrend durch schaurige Vorhöfe,
Zerrißne Terrassen,
Der Väter gewaltiger Groll, die Klage
Der Mütter,
Des Knaben goldener Kriegsschrei
Und Ungebornes
Seufzend aus blinden Augen.

O Schmerz, du flammendes Anschaun
Der großen Seele!
Schon zuckt im schwarzen Gewühl
Der Rosse und Wagen
Ein rosenschauriger Blitz
In die tönende Fichte.
Magnetische Kühle
Umschwebt dies stolze Haupt,
Glühende Schwermut
Eines zürnenden Gottes.

L'ORAGE

Monts sauvages, sublime
Tristesse des aigles.
Nuages d'or
Fumant au-dessus d'un désert de pierre.
C'est un calme patient que respirent les pins,
Les agneaux noirs au bord du gouffre
Où tout à coup la bleuité
Se tait étrangement,
Le doux murmure des bourdons.
Ô verte fleur —
Ô silence.

Rêveusement les esprits sombres du torrent
Bouleversent le cœur,
Ténèbre
Qui crève sur les abîmes !
Blanches voix
Errant par d'horribles cours,
Des terrasses déchirées,
La violente amertume des pères, la plainte
Des mères,
Le cri de guerre d'or de l'enfant
Et une vie non née
Soupirant de ses yeux aveugles.

Ô douleur, contemplation flamboyante
De la grande âme !
Déjà dans la noire cohue
Des chevaux et des voitures jaillit
Le rose horrible d'un éclair
Dans le pin qui résonne.
Fraîcheur magnétique
Qui baigne cette tête fière,
Mélancolie brûlante
D'un dieu irrité.

Angst, du giftige Schlange,
Schwarze, stirb im Gestein!
Da stürzen der Tränen
Wilde Ströme herab,
Sturm-Erbarmen,
Hallen in drohenden Donnern
Die schneeigen Gipfel rings.
Feuer
Läutert zerrissene Nacht.

Angoisse, serpent venimeux,
Noire, meurs dans les pierres !
Alors s'abattent les sauvages
Torrents de larmes,
Pitié de la tempête,
Et retentit dans les tonnerres menaçants
Le cercle des cimes neigeuses.
Le feu
Purifie la nuit déchirée.

DER ABEND

Mit toten Heldengestalten
Erfüllst du Mond
Die schweigenden Wälder,
Sichelmond —
Mit der sanften Umarmung
Der Liebenden,
Den Schatten berühmter Zeiten
Die modernden Felsen rings;
So bläulich erstrahlt es
Gegen die Stadt hin,
Wo kalt und böse
Ein verwesend Geschlecht wohnt,
Der weißen Enkel
Dunkle Zukunft bereitet.
Ihr mondverschlungnen Schatten
Aufseufzend im leeren Kristall
Des Bergsees.

LE SOIR

De formes mortes de héros
Tu emplis, lune,
Les forêts taciturnes,
Croissant de lune —
De la douce étreinte
Des amants,
Des ombres d'époques illustres
Les rocs qui alentour pourrissent ;
Une telle bleuité rayonne
Vers la ville
Où froide et mauvaise
Habite une race en dissolution,
Préparant à ses blancs descendants
Un sombre avenir.
Ombres englouties par la lune
Poussant un soupir dans le cristal désert
Du lac alpin !

DIE NACHT

Dich sing ich wilde Zerklüftung,
Im Nachtsturm
Aufgetürmtes Gebirge;
Ihr grauen Türme
Überfließend von höllischen Fratzen,
Feurigem Getier,
Rauhen Farnen, Fichten,
Kristallnen Blumen.
Unendliche Qual,
Daß du Gott erjagtest
Sanfter Geist,
Aufseufzend im Wassersturz,
In wogenden Föhren.

Golden lodern die Feuer
Der Völker rings.
Über schwärzliche Klippen
Stürzt todestrunken
Die erglühende Windsbraut,
Die blaue Woge
Des Gletschers
Und es dröhnt
Gewaltig die Glocke im Tal:
Flammen, Flüche
Und die dunklen
Spiele der Wollust,
Stürmt den Himmel
Ein versteinertes Haupt.

LA NUIT

C'est toi que je chante, crevasse sauvage,
Montagnes entassées
Dans l'ouragan nocturne ;
Grises tours
Débordant de grimaces infernales,
De bêtes de feu,
D'âpres fougères, d'épicéas,
De fleurs de cristal.
Infini tourment
D'avoir pourchassé Dieu
Tendre esprit
Soupirant dans la cascade,
Dans la houle des pins.

Dorés flamboient les feux
Des peuples alentour.
Sur des récifs noirâtres
S'abat, ivre de mort,
La rafale enflammée,
Houle bleue
Du glacier
Et gronde
Violente la cloche dans le val :
Flammes, jurons
Et les jeux
Sombres de la volupté,
Monte à l'assaut du ciel
Une tête pétrifiée.

DIE SCHWERMUT

Gewaltig bist du dunkler Mund
Im Innern, aus Herbstgewölk
Geformte Gestalt,
Goldner Abendstille;
Ein grünlich dämmernder Bergstrom
In zerbrochner Föhren
Schattenbezirk;
Ein Dorf,
Das fromm in braunen Bildern abstirbt.

Da springen die schwarzen Pferde
Auf nebliger Weide.
Ihr Soldaten!
Vom Hügel, wo sterbend die Sonne rollt
Stürzt das lachende Blut —
Unter Eichen
Sprachlos! O grollende Schwermut
Des Heers; ein strahlender Helm
Sank klirrend von purpurner Stirne.

Herbstesnacht so kühle kommt,
Erglänzt mit Sternen
Über zerbrochenem Männergebein
Die stille Mönchin.

LA MÉLANCOLIE

Tu es puissante, bouche sombre
Au fond de nous, figure modelée
De nuages d'automne,
De l'or calme du soir ;
Un torrent que verdit le crépuscule
Dans le royaume d'ombre
Des pins fracassés ;
Un village
Qui, pieux, en bruns tableaux se meurt.

Et bondissent les chevaux noirs
Sur la prairie brumeuse.
Soldats !
De la colline où roule le soleil mourant
Jaillit le sang rieur —
Sous les chênes
Sans voix ! Ô la mélancolie grondante
De l'armée ; un casque rayonnant
A chu en cliquetis d'un front pourpre.

S'en vient la fraîche nuit d'automne,
Resplendit de ses astres
Sur les ossements fracassés
La paisible monialc.

DIE HEIMKEHR

Die Kühle dunkler Jahre,
Schmerz und Hoffnung
Bewahrt zyklopisch Gestein,
Menschenleeres Gebirge,
Des Herbstes goldner Odem,
Abendwolke —
Reinheit!

Anschaut aus blauen Augen
Kristallne Kindheit;
Unter dunklen Fichten
Liebe, Hoffnung,
Daß von feurigen Lidern
Tau ins starre Gras tropft —
Unaufhaltsam!

O! dort der goldene Steg
Zerbrechend im Schnee
Des Abgrunds!
Blaue Kühle
Odmet das nächtige Tal,
Glaube, Hoffnung!
Gegrüßt du einsamer Friedhof!

LE RETOUR

La fraîcheur des années sombres,
La souffrance et l'espérance
Au cœur du roc cyclopéen,
Montagnes désertes,
L'haleine d'or de l'automne,
Nuage du soir —
Pureté !

De ses yeux bleus contemple
Une enfance de cristal ;
Sous les noirs épicéas
L'amour, l'espérance
Au point que de paupières en feu
La rosée goutte en l'herbe raide —
Irrésistiblement !

Ô ! là-bas le chemin d'or
Qui se fracasse dans la neige
De l'abîme !
Fraîcheur bleue
Que respire le val nocturne,
La foi, l'espérance !
Salut, cimetière solitaire !

KLAGE

Jüngling aus kristallnem Munde
Sank dein goldner Blick ins Tal;
Waldes Woge rot und fahl
In der schwarzen Abendstunde.
Abend schlägt so tiefe Wunde!

Angst! des Todes Traumbeschwerde,
Abgestorben Grab und gar
Schaut aus Baum und Wild das Jahr;
Kahles Feld und Ackererde.
Ruft der Hirt die bange Herde.

Schwester, deine blauen Brauen
Winken leise in der Nacht.
Orgel seufzt und Hölle lacht
Und es faßt das Herz ein Grauen;
Möchte Stern und Engel schauen.

Mutter muß ums Kindlein zagen;
Rot ertönt im Schacht das Erz,
Wollust, Tränen, steinern Schmerz,
Der Titanen dunkle Sagen.
Schwermut! einsam Adler klagen.

PLAINTE

Adolescent, de bouche cristalline
Ton regard d'or sombra au val ;
Houle rouge et blême du bois
Dans l'heure noire du soir.
Le soir blesse si profond !

Angoisse ! poids de rêve de la mort,
Tombe défunte et, révolue,
Guette l'année dans l'arbre et dans la bête ;
Champ dénudé, terre à labours,
Le pâtre rassemble son troupeau craintif.

Sœur, tes sourcils bleus font
Tout bas des signes dans la nuit.
L'orgue soupire et l'enfer rit
Et la terreur saisit le cœur ;
Il voudrait voir l'ange et l'étoile.

Mère pour son enfant doit craindre ;
Rouge le minerai retentit dans le puits,
Volupté, pleurs, douleur de pierre,
Sombres légendes des Titans.
Mélancolie ! plainte solitaire des aigles.

NACHTERGEBUNG

Mönchin! schließ mich in dein Dunkel,
Ihr Gebirge kühl und blau!
Niederblutet dunkler Tau;
Kreuz ragt steil im Sterngefunkel.

Purpurn brachen Mund und Lüge
In verfallner Kammer kühl;
Scheint noch Lachen, golden Spiel,
Einer Glocke letzte Züge.

Mondeswolke! Schwärzlich fallen
Wilde Früchte nachts vom Baum
Und zum Grabe wird der Raum
Und zum Traum dies Erdenwallen.

ABANDON À LA NUIT

Prends-moi, moniale, en tes ténèbres,
Vous montagnes froides et bleues !
Saigne la rosée de ténèbres ;
Croix dressée dans l'éclat des astres.

Brisés pourpres bouche et mensonge
Dans la froide chambre vétuste ;
Brille encore un rire, jeu d'or,
Dernière sonnerie de cloches.

Nuage lunaire ! Noirâtres tombent
Des fruits sauvages dans la nuit
Et notre espace devient tombe
Et notre vie terrestre, rêve.

IM OSTEN

Den wilden Orgeln des Wintersturms
Gleicht des Volkes finstrer Zorn,
Die purpurne Woge der Schlacht,
Entlaubter Sterne.

Mit zerbrochnen Brauen, silbernen Armen
Winkt sterbenden Soldaten die Nacht.
Im Schatten der herbstlichen Esche
Seufzen die Geister der Erschlagenen.

Dornige Wildnis umgürtet die Stadt.
Von blutenden Stufen jagt der Mond
Die erschrockenen Frauen.
Wilde Wölfe brachen durchs Tor.

À L'EST

Telles les orgues sauvages de l'ouragan d'hiver
S'élève l'ire ténébreuse du peuple,
La houle pourpre du combat,
D'étoiles effeuillées.

Sourcils fracassés, bras d'argent,
La nuit fait signe aux soldats moribonds.
Dans l'ombre du frêne automnal
Soupirent les esprits de ceux qu'on massacra.

Un sauvage chaos de ronces enveloppe la ville.
La lune chasse de sanglants escaliers
Les femmes effrayées.
De sauvages loups forcèrent la porte.

KLAGE

Schlaf und Tod, die düstern Adler
Umrauschen nachtlang dieses Haupt :
Des Menschen goldnes Bildnis
Verschlänge die eisige Woge
Der Ewigkeit. An schaurigen Riffen
Zerschellt der purpurne Leib
Und es klagt die dunkle Stimme
Über dem Meer.
Schwester stürmischer Schwermut
Sieh ein ängstlicher Kahn versinkt
Unter Sternen,
Dem schweigenden Antlitz der Nacht.

PLAINTE

Sommeil et mort, sinistres aigles,
Bruissent des nuits durant autour de cette tête :
L'image d'or de l'homme
Serait engloutie par les houles glacées
De l'éternité. Sur d'horribles récifs
Se brise le corps pourpre.
Et se plaint la voix sombre
Au-dessus de la mer.
Sœur d'orageuse mélancolie,
Vois couler la barque éperdue
Sous les étoiles
Au visage muet de la nuit.

GRODEK

Am Abend tönen die herbstlichen Wälder
Von tödlichen Waffen, die goldnen Ebenen
Und blauen Seen, darüber die Sonne
Düstrer hinrollt; umfängt die Nacht
Sterbende Krieger, die wilde Klage
Ihrer zerbrochenen Münder.
Doch stille sammelt im Weidengrund
Rotes Gewölk, darin ein zürnender Gott wohnt
Das vergoßne Blut sich, mondne Kühle;
Alle Straßen münden in schwarze Verwesung.
Unter goldnem Gezweig der Nacht und Sternen
Es schwankt der Schwester Schatten durch den schweigenden
[Hain,
Zu grüßen die Geister der Helden, die blutenden Häupter;
Und leise tönen im Rohr die dunkeln Flöten des Herbstes.
O stolzere Trauer! ihr ehernen Altäre
Die heiße Flamme des Geistes nährt heute eine gewaltiger
[Schmerz,
Die ungebornen Enkel.

GRODEK

Le soir venu, tintent les forêts de l'automne
Du bruit des armes de la mort, les plaines d'or
Et les lacs bleus, sur lesquels le soleil
Plus sinistre roule ; la nuit enveloppe
L'agonie des soldats, la plainte sauvage
De leurs bouches fracassées.
Mais calme s'amoncelle au creux de la saulaie,
Rouge nuée habitée par un dieu de colère,
Le sang versé, fraîcheur lunaire ;
Toute route débouche en noire dissolution.
Sous la ramure d'or de la nuit et les astres
Chancelle l'ombre de la sœur par le bosquet muet
Pour saluer les esprits des héros, les têtes sanglantes ;
Et tout bas tintent dans les joncs les sombres flûtes de [l'automne.
Ô deuil plus fier ! autels d'airain,
L'ardente flamme de l'esprit se nourrit aujourd'hui d'une [douleur violente,
Les descendants qui ne sont pas nés.

OFFENBARUNG UND UNTERGANG

Seltsam sind die nächtigen Pfade des Menschen. Da ich nachtwandelnd an steinernen Zimmern hinging und es brannte in jedem ein stilles Lämpchen, ein kupferner Leuchter, und da ich frierend aufs Lager hinsank, stand zu Häupten wieder der schwarze Schatten der Fremdlingin und schweigend verbarg ich das Antlitz in den langsamen Händen. Auch war am Fenster blau die Hyazinthe aufgeblüht und es trat auf die purpurne Lippe des Odmenden das alte Gebet, sanken von den Lidern kristallne Tränen geweint um die bittere Welt. In dieser Stunde war ich im Tod meines Vaters der weiße Sohn. In blauen Schauern kam vom Hügel der Nachtwind, die dunkle Klage der Mutter, hinsterbend wieder und ich sah die schwarze Hölle in meinem Herzen; Minute schimmernder Stille. Leise trat aus kalkiger Mauer ein unsägliches Antlitz — ein sterbender Jüngling — die Schönheit eines heimkehrenden Geschlechts. Mondesweiß umfing die Kühle des Steins die wachende Schläfe, verklangen die Schritte der Schatten auf verfallenen Stufen, ein rosiger Reigen im Gärtchen.

Schweigend saß ich in verlassener Schenke unter verrauchtem Holzgebälk und einsam beim Wein; ein strahlender Leichnam über ein Dunkles geneigt und es lag ein totes Lamm zu meinen Füßen. Aus verwesender Bläue trat die bleiche Gestalt der Schwester und also sprach ihr blutender Mund : Stich schwarzer Dorn. Ach noch tönen von wilden Gewittern die silbernen Arme mir. Fließe Blut von den mondenen Füßen, blühend auf nächtigen Pfaden, darüber schreiend die Ratte huscht. Aufflackert ihr Sterne in meinen gewölbten Brauen; und es läutet leise das Herz in der Nacht. Einbrach ein roter Schatten mit flammendem Schwert in das Haus, floh mit schneeiger Stirne. O bitterer Tod.

Und es sprach eine dunkle Stimme aus mir : Meinem Rappen brach ich im nächtigen Wald das Genick, da aus seinen purpurnen Augen der Wahnsinn sprang; die Schatten der Ulmen fielen auf mich, das blaue Lachen des Quells und

L'APOCALYPSE
ET LA DESCENTE AUX PROFONDEURS

Étranges sont les voies nocturnes de l'homme. Lors que somnambule, je longeais des chambres de pierre, et dans chacune brûlait une petite lampe paisible, un chandelier de cuivre, et lors que frissonnant de froid je m'effondrais sur ma couche, voilà qu'à mon chevet se dressa de nouveau l'ombre noire de l'étrangère et, taciturne, je cachai mon visage en mes lentes mains. À ma fenêtre avait aussi fleuri bleu la jacinthe et dans le souffle de la lèvre pourpre revint la vieille prière, et de mes paupières tombèrent des larmes de cristal pleurées sur le monde amer. À cette heure j'étais le fils blanc dans la mort de mon père. En frissons bleus arriva de la colline le vent de la nuit, la plainte obscure de la mère se mourant de nouveau, et je vis l'enfer noir en mon cœur. Minute de chatoyant silence. Tout bas émergea du mur chaulé une indicible face — adolescent mourant —, la beauté d'une race en revenir. En sa blancheur lunaire, la froideur de la pierre baigna la tempe vigilante, s'estompèrent les pas des ombres sur les marches écroulées, une ronde rose dans le jardinet.

Taciturne en l'auberge déserte sous les solives enfumées, j'étais assis solitaire devant mon vin; un rayonnant cadavre incliné sur de l'obscur et à mes pieds gisait un agneau mort. D'un bleu en dissolution émergea la silhouette blême de la sœur et ainsi parla sa bouche sanglante : Pique, ronce noire. Hélas, mes bras d'argent tintent encore des orages sauvages. Coule, sang, des pieds de lune qui éclosent sur les sentiers nocturnes où se faufile le rat couineur. Danse, lumière des étoiles, sous le galbe de mes sourcils; et tout bas résonne le cœur dans la nuit. A surgi dans la demeure une ombre rouge armée d'un glaive flamboyant, puis s'est enfuie, le front neigeux. Ô mort amère.

C'est alors qu'une voix obscure sortit de moi : À mon moreau dans la forêt nocturne j'ai brisé l'échine, lors que de ses yeux pourpres jaillissait la folie. L'ombre des ormes tomba sur moi, le rire bleu des sources et la fraîcheur noire de la nuit,

die schwarze Kühle der Nacht, da ich ein wilder Jäger aufjagte ein schneeiges Wild; in steinerner Hölle mein Antlitz erstarb.

Und schimmernd fiel ein Tropfen Blutes in des Einsamen Wein; und da ich davon trank, schmeckte er bitterer als Mohn; und eine schwärzliche Wolke umhüllte mein Haupt, die kristallenen Tränen verdammter Engel; und leise rann aus silberner Wunde der Schwester das Blut und fiel ein feuriger Regen auf mich.

Am Saum des Waldes will ich ein Schweigendes gehn, dem aus sprachlosen Händen die härene Sonne sank; ein Fremdling am Abendhügel, der weinend aufhebt die Lider über die steinerne Stadt; ein Wild, das stille steht im Frieden des alten Hollunders; o ruhlos lauscht das dämmernde Haupt, oder es folgen die zögernden Schritte der blauen Wolke am Hügel, ernsten Gestirnen auch. Zur Seite geleitet stille die grüne Saat, begleitet auf moosigen Waldespfaden scheu das Reh. Es haben die Hütten der Dörfler sich stumm verschlossen und es ängstigt in schwarzer Windesstille die blaue Klage des Wildbachs.

Aber da ich den Felsenpfad hinabstieg, ergriff mich der Wahnsinn und ich schrie laut in der Nacht; und da ich mit silbernen Fingern mich über die schweigenden Wasser bog, sah ich daß mich mein Antlitz verlassen. Und die weiße Stimme sprach zu mir : Töte dich ! Seufzend erhob sich eines Knaben Schatten in mir und sah mich strahlend aus kristallnen Augen an, daß ich weinend unter den Bäumen hinsank, dem gewaltigen Sternengewölbe.

Friedlose Wanderschaft durch wildes Gestein ferne den Abendweilern, heimkehrenden Herden; ferne weidet die sinkende Sonne auf kristallner Wiese und es erschüttert ihr wilder Gesang, der einsame Schrei des Vogels, ersterbend in blauer Ruh. Aber leise kommst du in der Nacht, da ich wachend am Hügel lag, oder rasend im Frühlingsgewitter; und schwärzer immer umwölkt die Schwermut das abgeschiedene Haupt, erschrecken schaurige Blitze die nächtige Seele, zerreißen deine Hände die atemlose Brust mir.

Da ich in den dämmernden Garten ging, und es war die schwarze Gestalt des Bösen von mir gewichen, umfing mich die hyazinthene Stille der Nacht; und ich fuhr auf gebogenem Kahn über den ruhenden Weiher und süßer Frieden rührte die versteinerte Stirne mir. Sprachlos lag ich unter den alten

lors que sauvage chasseur je relançais un gibier de neige ; que dans l'enfer de pierre ma face se mourut.

Et chatoyante tomba une goutte de sang dans le vin du solitaire ; et lors que j'en buvais, il fut plus amer que le pavot ; et un nuage noirâtre enveloppa ma tête, les larmes de cristal d'anges maudits ; tout bas coula le sang de la blessure d'argent de la sœur et tomba sur moi une pluie de feu.

À la lisière de la forêt je veux aller, silence pur qui de mes mains sans voix ai laissé échapper un soleil de crin ; étranger sur la colline vespérale levant ses yeux en pleurs sur la ville de pierre ; gibier qui s'immobilise dans la paix du vieux sureau ; ô sans repos reste aux aguets la tête crépusculaire, ou bien les pas craintifs suivent le nuage bleu sur la colline et aussi les austères étoiles. À mon côté cheminent en silence les jeunes pousses vertes et sur les sentiers moussus de la forêt m'escorte le chevreuil craintif. Les chaumières des paysans se sont refermées sur leur mutisme et dans la noire accalmie angoisse la plainte bleue du torrent.

Or, lors que je descendais le sentier rocheux, la folie me saisit et je hurlai dans la nuit, et lors que de mes doigts d'argent je me penchais sur l'eau taciturne, je m'aperçus que ma face m'avait abandonné. Et la voix blanche me dit : Tue-toi ! Soupirante se dressa en moi l'ombre d'un petit garçon qui m'inonda d'un tel rayonnement de ses yeux de cristal qu'en pleurs je m'effondrai au pied des arbres sous la voûte écrasante des astres.

Errance inapaisée par les rochers sauvages loin des hameaux du soir et des troupeaux qui rentrent ; au lointain le soleil couchant paît dans les prés de cristal, et nous bouleversent son chant sauvage, le cri solitaire de l'oiseau se mourant dans la paix du bleu. Mais tu viens tout bas dans la nuit, lors que je veillais sur la colline ou me déchaînais dans les orages du printemps ; et de plus en plus noire la mélancolie embrume la tête isolée, les atroces éclairs angoissent l'âme nocturne et tes mains déchiquettent mon sein hors d'haleine.

Lors que j'allais dans le jardin crépusculaire, et que la noire image du mal m'avait quitté, m'accueillit le silence de jacinthe de la nuit ; et dans une barque galbée je traversai l'étang paisible et une douce paix frôla mon front de pierre. Sans voix, j'étais couché sous les vieux saules et au-dessus de moi,

Weiden und es war der blaue Himmel hoch über mir und voll von Sternen; und da ich anschauend hinstarb, starben Angst und der Schmerzen tiefster in mir; und es hob sich der blaue Schatten des Knaben strahlend im Dunkel, sanfter Gesang; hob sich auf mondenen Flügeln über die grünenden Wipfel, kristallene Klippen das weiße Antlitz der Schwester.

Mit silbernen Sohlen stieg ich die dornigen Stufen hinab und ich trat ins kalkgetünchte Gemach. Stille brannte ein Leuchter darin und ich verbarg in purpurnen Linnen schweigend das Haupt; und es warf die Erde einen kindlichen Leichnam aus, ein mondenes Gebilde, das langsam aus meinem Schatten trat, mit zerbrochenen Armen steinerne Stürze hinabsank, flockiger Schnee.

bien haut, le ciel bleu était empli d'étoiles; et lors que je mourais dans cette contemplation, moururent aussi en moi l'angoisse et des douleurs la plus profonde; et se dressa rayonnante dans l'obscurité l'ombre bleue du petit garçon, tendre chanson; se dressa sur des ailes de lune par-delà les cimes verdoyantes et les récifs de cristal la face blanche de la sœur.

Sur des semelles d'argent je descendis les degrés envahis par les ronces et pénétrai dans le réduit chaulé. Y brûlait en silence un chandelier et je cachai taciturne ma tête dans des linges de pourpre : et la terre rejeta un cadavre d'enfant, créature de lune qui lentement émergea de mon ombre et s'abîma, les bras brisés, dans un gouffre de pierre en floconneuse neige.

NOTES

Cette édition présente les *poèmes majeurs* de Georg Trakl, c'est-à-dire l'œuvre de sa maturité poétique et telle qu'il l'a lui-même destinée à la publication : les recueils *Gedichte/Poésies* (1913) et *Sebastian im Traum/Sébastien en rêve* (1915), ainsi que les derniers poèmes, parus dans la revue *Der Brenner* (1914-1915).

Le texte se réfère à l'édition critique et historique (cf. bibliographie).

Si un poème a été publié avant la parution du recueil, nous indiquons la date de cette première publication, le plus souvent dans la revue *Der Brenner* (abréviation : *DB*). Sur le détail et les problèmes de la datation, il faudra se reporter à l'édition critique et historique, complétée ou corrigée par les recherches nouvelles, notamment celles de H. Zwerschina *(Die Chronologie der Dichtungen Georg Trakls)*.

GEDICHTE/POÉSIES
(1913)

DIE RABEN/LES CORBEAUX

Salzburg. Ein literarisches Sammelwerk. Hrsg. von den jungen Mitgliedern der Literatur- und Kunstgesellschaft Pan. Salzburg (janvier) 1913.

DIE JUNGE MAGD/LA JEUNE SERVANTE

DB, 1er janvier 1913. Ludwig von Ficker : cf. Introduction.

MUSIK IM MIRABELL/MUSIQUE À MIRABELL

Seconde version. La première version faisait partie du recueil de 1909 sous le titre *Farbiger Herbst* et comportait une strophe finale différente :

Opaliger Dunst webt über das Gras,
Eine Wolke von welken, gebleichten Düften,
Im Brunnen leuchtet wie grünes Glas
Die Mondessichel in frierenden Lüften

Des vapeurs d'opale passent sur l'herbe,
Un nuage de senteurs flétries et blêmes,
La fontaine reflète, verre glauque la faucille
De la lune dans le gel des airs.

Cette première version témoigne de l'impressionnisme d'avant la maturité.

« Mirabell » : le jardin Mirabell à Salzbourg.

WINTERDÄMMERUNG/CRÉPUSCULE D'HIVER

Max von Esterle : peintre autrichien, cercle du Brenner.

FRAUENSEGEN/MATERNITÉ BÉNIE

Der Merker. Wien (janvier) 1911. Une première version comportait le refrain : « *Dulde dunkle Eva.* »

DIE SCHÖNE STADT/LA BELLE VILLE

Ton und Wort. Wien (1er mai) 1911. Images de Salzbourg.

DER GEWITTERABEND/LE SOIR D'ORAGE

C'est à propos de ce poème que Trakl expose sa « manière » dans la lettre de juillet 1910 à E. Buschbeck, cf. Introduction.

ABENDMUSE/MUSE DU SOIR

DB, 15 novembre 1912. Le poème comporte plusieurs exemples de réminiscences hölderliniennes : « *Ruh und Schweigen* » est une citation des poèmes de la folie *(Auf den Tod eines Kindes),* la deuxième strophe reprend des éléments du début de l'élégie *Brot und Wein,* Endymion est l'adolescent mythologique aimé de la déesse lunaire dans *Als ich ein Knabe war.* Cf. également *Verklärter Herbst, Ruh und Schweigen.*

TRAUM DES BÖSEN/RÊVE DU MAL

Première version. Une dernière version date d'octobre 1914, écrite à l'hôpital militaire de Cracovie. Elle change notamment le premier vers qui devient : « *Verhallend eines Sterbeglöckchens Klänge/Échos d'une clochette funèbre qui se meurent.* » Cette dernière version était peut-être inspirée par la lecture des poèmes de Günther (*Bußgedanken* : « *Das Ohr klingt fort und für und läutet mir zu Grabe* »).

ZU ABEND MEIN HERZ/LE SOIR, MON CŒUR

DB, 1er décembre 1912.

ALLERSEELEN/JOUR DES MORTS

Karl Hauer : cf. Introduction.

MELANCHOLIE/MÉLANCOLIE

Troisième version d'un poème dont la genèse est particulièrement complexe.

VERKLÄRTER HERBST/AUTOMNE TRANSFIGURÉ

DB, 1er novembre 1912. « *Ruh und Schweigen* » : cf. *Abendmuse, Ruh und Schweigen.*

WINKEL AM WALD/COIN DE FORÊT

Karl Minnich : ami de jeunesse de Trakl.

IN EIN ALTES STAMMBUCH/DANS UN VIEIL ALBUM

DB, 15 mars 1913.

VERWANDLUNG/MÉTAMORPHOSE

Seconde version *DB,* 15 octobre 1912.

KLEINES KONZERT/PETIT CONCERT

« *Dädal* » : Dédale, constructeur du labyrinthe, père d'Icare. La formule « *Geist Dädals* » est en fait un souvenir des poèmes de la folie de Hölderlin *(An Zimmern)*. « *Narziß* » : la figure mythologique de Narcisse. La troisième strophe renvoie à l'épisode de la « piscine de Beth-Saïda » (Jean V, 1-4), repris également par Rimbaud *(Suite johannique)*.

MENSCHHEIT/HUMANITÉ

DB, 1er novembre 1912. On relèvera les images bibliques et leur déformation expressive (la Cène, Gethsémani, l'incrédulité de saint Thomas).

DE PROFUNDIS

DB, 15 décembre 1912. « *De profundis* » : début du psaume CXXX, psaume de la détresse et de la pénitence. Cf. *Psalm*.

DÄMMERUNG/CRÉPUSCULE

DB, 15 octobre 1912.

HEITERER FRÜHLING/PRINTEMPS SEREIN

Seconde version. *Der Ruf*, ein Flugblatt an junge Mehschen, hrsg. vom akademischen Verband für Literatur und Musik. Wien (mars) 1912.

VORSTADT IM FÖHN/BANLIEUE SOUS LE FŒHN

Le premier poème de Trakl paru dans *DB*, 1er mai 1912. La dernière strophe évoque l'exemple d'« hallucination simple » donné par Rimbaud dans *Une saison en enfer* : « Je voyais très franchement une mosquée à la place d'une usine [...], des calèches sur les routes du ciel », « Un grand vaisseau d'or, au-dessus de moi »... Elle peut également se souvenir du *Bateau ivre*. À l'angoisse et au chaos du réel, le poème oppose finalement le jeu libre que l'esprit projette dans les nuages, une composition abstraite d'où la terreur a disparu.

TRÜBSINN/SPLEEN

DB, 15 octobre 1912. « *Trübsinn* » : c'est ainsi que Stefan George a traduit *Spleen* de Baudelaire. Le thème de Saturne remonte également à Baudelaire *(Épitaphe pour un livre condamné)*, tout comme aux *Poèmes saturniens* de Verlaine.

IN DEN NACHMITTAG GEFLÜSTERT/MURMURÉ À L'APRÈS-MIDI

DB, 1er novembre 1912.

PSALM/PSAUME

Seconde version. *DB*, 1er octobre 1912. Karl Kraus : cf. Introduction. Le poème inaugure une nouvelle manière, sous le signe de Rimbaud dont il reprend notamment la formule « Il y a » des *Illuminations (Enfance III)* que K. L. Ammer a traduite par « *Es ist* », ainsi qu'une série d'images et d'associations plus ou moins littérales. Les études trakléennes ont largement mis ces formules en évidence. Il faut également relever l'influence de Maeterlinck : versification, association d'images, par exemple hôpital-canal-transatlantique (cf. *Hôpital* dans le recueil *Serres chaudes*).

ROSENKRANZLIEDER / LES CHANTS DU ROSAIRE

Les trois poèmes *An die Schwester / À la sœur* (*DB*, 15 juin 1913), *Nähe des Todes / Présence de la mort* (seconde version, *DB*, 15 février 1913) et *Amen* ont été réunis sous le titre *Rosenkranzlieder / Les Chants du rosaire* pour le recueil de 1913. Ils remontent à un ensemble de textes manuscrits *(Helian-Komplex)* dont procèdent également *Abendlied* et *Helian.* Il est intéressant de signaler que le manuscrit présente à l'origine de *An die Schwester* la figure d'Ophélie (« *Schön ist Opheliens Wahnsinn* »...) inspirée sans doute de l'Ophélie de Rimbaud. « Azraël » : ange de la mort et nom biblique d'un démon.

VERFALL / DÉCADENCE

Le poème le plus ancien du recueil : sous le titre *Herbst* et à peu de variantes près, il faisait déjà partie du recueil de 1909. Karl Röck l'a placé en tête de son édition (1917) et en a fait de la sorte une introduction à l'œuvre. La relation initiale entre « *Verfall* » et « décadence », mot clé de l'époque, apparaît nettement. La « décadence » verlainienne dans le sonnet *Langueur* (« Je suis l'Empire à la fin de la décadence ») a été traduite en allemand par « *Verfall* » (trad. Paul Wiegler). On sait que la dénomination du mouvement littéraire de la « décadence » remonte à ces vers de Verlaine.

EIN HERBSTABEND / UN SOIR D'AUTOMNE

Karl Röck : cf. Introduction.

MENSCHLICHES ELEND / DÉTRESSE HUMAINE

Une nouvelle version, sous le titre *Menschliche Trauer / Tristesse humaine,* a été rédigée par Trakl à l'hôpital militaire de Cracovie et envoyée à L. v. Ficker le 27 octobre 1914. Elle conserve les strophes 1 et 2, mais remplace les autres vers par les deux strophes suivantes :

Es scheint, man hört der Fledermäuse Schrei,
Im Garten einen Sarg zusammenzimmern.
Gebeine durch verfallne Mauern schimmern
Und schwärzlich schwankt ein Irrer dort vorbei.

Ein blauer Strahl im Herbstgewölk erfriert.
Die Liebenden im Schlafe sich umschlingen,
Gelehnet an der Engel Sternenschwingen,
Des Edlen bleiche Schläfe Lorbeer ziert.

On entend, dirait-on, crier les chauves-souris,
Il semble que l'on cloue un cercueil au jardin.
Luisent des ossements dans des murs écroulés
Et noirâtre là-bas un dément passe en titubant.

Un rayon bleu se glace en un nuage d'automne.
En leur sommeil s'étreignent des amants
Appuyés aux ailes constellées des anges,
Le laurier pare la tempe blême du magnanime.

IM DORF / AU VILLAGE

Der Ruf. Wien (mai) 1913.

ABENDLIED / CHANT DU SOIR

DB, 15 février 1913. Cf. *Rosenkranzlieder.*

DREI BLICKE IN EINEN OPAL / TROIS VISIONS DANS UNE OPALE

Salzburg (janvier) 1913. Cf. *Die Raben.* Erhard Buschbeck : ami de jeunesse, cf. Introduction.

NACHTLIED / CHANT NOCTURNE

DB, 15 avril 1913. « Elaï » : vocable mystérieux forgé par Trakl, exemple de poésie / musique pure. On y retrouve l'accord parfait des trois vocables *e-i-a* de Helian.

HELIAN

DB, 1er février 1913. Ce vaste poème en cinq parties remonte (comme *An die Schwester, Nähe des Todes, Abendlied*) à l'ensemble manuscrit *Helian-Komplex.* La genèse en a été étudiée par W. Killy *(Über Georg Trakl).*

Le nom de Helian a suscité des explications différentes :

— *Heiland,* le Christ-Sauveur (*Heliand* dans un poème médiéval) ;

— *Lelian,* hommage au « pauvre Lélian » (anagramme de Paul Verlaine) ;

— *Helios,* le dieu-soleil, et *Helianthus,* la fleur-soleil.

Il n'est pas exclu que le nom de Helian contienne et combine de telles allusions : le souvenir du Messie, la figure du poète maudit et l'évocation solaire peuvent se fondre dans la polysémie suggestive du vocable poétique. On notera le jeu remarquable des valeurs musicales : à la succession harmonieuse des trois voyelles *e-i-a* s'ajoutent les trois consonnes douces *h-l-n.* Sans doute s'agit-il encore « de la musique avant toute chose ». Cf. *Nachtlied :* « Elaï. »

« *Kidron* » / « Cédron » : rivière et vallée au pied de la ville de Jérusalem (selon les Écritures, c'est dans la vallée du Cédron que doivent éclater les trompettes du jugement dernier). Cette évocation fait partie des références bibliques, des allusions mystérieuses au Christ. La séquence « *der heilige Bruder* » / « le saint frère » est interprétée traditionnellement comme un souvenir de la folie de Hölderlin, poète frère. On reconnaîtra tout au long du poème le jeu des figures anonymes, métamorphoses « impersonnelles », « visionnaires » du « je » biographique (le jeune novice, l'étranger, le fils, le dormeur, le descendant), les figures d'une mythologie personnelle (le jeune mort). L'image de la « sœur » apparaît au pluriel ; le vers « *Die Schwestern sind ferne zu weißen Greisen gegangen* / Les sœurs s'en sont allées vers de lointains et blancs vieillards » serait une allusion au mariage de Margarethe avec un homme plus âgé (1912). Dans la deuxième strophe de la troisième partie se profile le décor très obscurci de Salzbourg : le « carillon », le « soldat mort » (un monument du cimetière Saint-Pierre)... Ces indications ne doivent pas fermer l'espace du poème, mais l'ouvrir aux associations multiples et mouvantes.

SEBASTIAN IM TRAUM/SÉBASTIEN EN RÊVE (1915)

KINDHEIT/ENFANCE
DB, 15 juillet 1913. Poème du mythe de l'enfance.

UNTERWEGS/EN CHEMIN
DB, 15 juin 1913.

LANDSCHAFT/PAYSAGE
Seconde version.

AN DEN KNABEN ELIS/À L'ENFANT ELIS
DB, 1er mai 1913. Le poème se trouve déjà dans le recueil de 1913. Elis : l'origine du nom a donné lieu à des spéculations diverses, la source la plus évidente étant la légende nordique d'Elis Fröbom, reprise notamment par E. T. A. Hoffmann et Hugo von Hofmannsthal. Trakl en a fait une figure de sa mythologie personnelle. Cf. C. Heselhaus, « Die Elis-Gedichte von Georg Trakl », *Deutsche Vierteljahrsschrift für Literaturwissenschaft und Geistesgeschichte*, 1954. Elis est l'enfant mythifié qui, au seuil de la maturité (de la vie dans la conscience douloureuse), meurt et retourne ainsi à l'unité première.

ELIS
Troisième version. *DB*, 1er juillet 1913.

HOHENBURG
Seconde version. *DB*, 15 décembre 1913. Hohenburg : demeure de Rudolf v. Ficker (frère de Ludwig), où Trakl a séjourné en 1913.

SEBASTIAN IM TRAUM/SÉBASTIEN EN RÊVE
DB, 1er octobre 1913. La figure poétique de Sébastien renvoie à saint Sébastien, martyr romain. Le poème comporte des éléments autobiographiques de l'enfance, cf. Introduction. Trakl s'est identifié à cette figure, liée à l'image de Salzbourg (I, 489 ; II, 302, 559). Adolf Loos : architecte autrichien, proche de Karl Kraus.

AM MOOR/AU MARAIS
Troisième version.

IM FRÜHLING/AU PRINTEMPS
DB, 1er novembre 1913.

ABEND IN LANS/SOIR À LANS
Seconde version. *DB*, 1er novembre 1913. Lans : village près d'Innsbruck.

AM MÖNCHSBERG/SUR LE MÖNCHSBERG
Seconde version. Mönchsberg : colline à Salzbourg.

KASPAR HAUSER LIED/LA CHANSON GASPARD HAUSER
DB, 15 novembre 1913. Le poème se réfère à l'histoire mi-légendaire de Gaspard Hauser, enfant trouvé, apparu en 1828 à

Nuremberg, assassiné en 1833, et dont l'origine est restée mystérieuse. Principales sources littéraires : le poème *Gaspard Hauser chante* de Verlaine, le roman de Jakob Wassermann *Kaspar Hauser oder die Trägheit des Herzens* (1908). Trakl s'est identifié au « pauvre Gaspard » dans une lettre de 1912 (I, 487). Bessie Loos : compagne d'Adolf Loos (cf. *Sebastian im Traum*).

NACHTS/DE NUIT
DB, 15 mai 1913.

VERWANDLUNG DES BÖSEN/MÉTAMORPHOSE DU MAL
DB, 15 octobre 1913.

Le titre peut signifier à la fois métamorphose du mal ou de l'homme possédé par le mal, voire de l'esprit malin possesseur. Ce premier poème en prose tourne autour d'un acte violent, d'un crime obscur, jamais directement présenté, mais suggéré par les images de meurtre, par la présence d'un héros ténébreux et maudit dont l'identité reste secrète. Ces images de meurtre ont une fonction de déguisement de la réalité biographique (l'inceste), mais c'est un déguisement en une réalité plus cruelle et plus significative. Le problème d'interprétation le plus flagrant se pose à propos de la séquence finale et du sens de la « métamorphose » *(« Ein Toter besucht dich »)*. La lecture traditionnelle y reconnaît l'allusion au Christ. Ce Christ est ambigu : un Dieu mort (dans la perspective chrétienne il est le Ressuscité), mais il répand son propre sang comme dans la tradition chrétienne, et il apparaît dans l'ombre de l'olivier qui renvoie à Gethsémani.

IM PARK/DANS LE PARC
DB, 15 mars 1913.

EIN WINTERABEND/UN SOIR D'HIVER
Seconde version.

DIE VERFLUCHTEN/LES MAUDITS
DB, 1er juin 1913.

SONJA/SONIA
DB, 1er décembre 1913. Le poème rappelle la figure de Sonia, la jeune prostituée au cœur pur, dans le roman de Dostoïevski *Crime et châtiment*. Dans la mythologie personnelle de Trakl : variante de l'image de la « sœur ».

ENTLANG/LE LONG DE...
Die Pforte. Eine Anthologie Wiener Lyrik. Heidelberg, (novembre) 1913.

HERBSTSEELE/ÂME D'AUTOMNE
Seconde version.

AFRA
Seconde version. *DB*, 1er décembre 1913. Afra : prostituée convertie et martyre.

RUH UND SCHWEIGEN/PAIX ET SILENCE

DB, 15 octobre 1913. « *Ruh und Schweigen* » : cf. *Abendmuse, Verklärter Herbst.*

ANIF

DB, 1er janvier 1914. Anif : localité près de Salzbourg.

GEBURT/NAISSANCE

DB, 1er janvier 1914.

UNTERGANG/LA DESCENTE AUX PROFONDEURS

Cinquième version. *DB*, 1er mars 1913. Karl Borromaeus Heinrich : écrivain du cercle du Brenner, cf. Introduction.

AN EINEN FRÜHVERSTORBENEN/À UN MORT PRÉCOCE

DB, 1er janvier 1914. Le « mort précoce » présente une autre variante du mythe trakléen de l'enfance. Mönchsberg : cf. le poème *Am Mönchsberg.* « *Blaue Blume* » : rappel de cette image du poète romantique Novalis. Cf. également *Verklärung.* Trakl a consacré un poème à Novalis *(An Novalis)* où revient l'image de la « fleur bleue ».

ABENDLÄNDISCHES LIED/CHANT OCCIDENTAL

DB, 1er janvier 1914. « Ein *Geschlecht* » : séquence où l'on peut reconnaître le mythe de l'androgyne en tant qu'abolition de la dualité sexuelle. Cf. Introduction et A. Finck, « Georg Trakls " Abendländisches Lied " », *Recherches germaniques*, 4, 1974.

VERKLÄRUNG/TRANSFIGURATION

« *Blaue Blume* »/« Fleur bleue » : référence à Novalis (cf. *An einen Frühverstorbenen*). Le poème se situe au centre du cycle (selon le schéma 7 + 1 + 7) et marque ainsi le moment essentiel de la « transfiguration » par l'effet du « pavot » et du « chant ». Cf. Introduction.

FÖHN/FŒHN

DB, 1er mars 1914.

DER WANDERER/LE VOYAGEUR

Seconde version. *DB*, 15 décembre 1913.

KARL KRAUS

DB, 15 juin 1913. Cf. Introduction.

AN DIE VERSTUMMTEN/À CEUX QUI SE SONT TUS

DB, 1er janvier 1914.

PASSION

Troisième version. Une première version, beaucoup plus longue, a paru le 15 février 1914 dans *DB*. Cf. l'étude mémorable de W. Killy dans *Über Georg Trakl.* Interférences du mythe d'Orphée, de la Passion du Christ et de l'autobiographie (l'inceste : la « passion » du frère et de la sœur).

SIEBENGESANG DES TODES/SEPTUOR DE LA MORT

DB, 1er mars 1914. « *Siebengesang* » : composé forgé par Trakl, le poème comportant sept strophes (allusion à la tradition magique du chiffre 7 qui se retrouve dans la composition du recueil).

WINTERNACHT / NUIT D'HIVER

DB, 1er janvier 1914. Le poème remonte à un épisode biographique (cf. *Erinnerung an Georg Trakl*, p. 33). Après une soirée passée dans une auberge à Hall, près d'Innsbruck, Trakl, ivre, s'était mis en route à pied dans la nuit d'hiver pour rejoindre Mühlau/Innsbruck. On le trouva le lendemain matin, endormi dans la neige, devant la maison de L. v. Ficker chez qui il logeait. Les étapes du récit poétique (la rentrée nocturne, le sommeil jusqu'au matin dans la neige, le réveil) transforment ces circonstances de façon visionnaire, dans le sens d'une lutte du bien et du mal.

IN VENEDIG / À VENISE

Ce poème se rapporte au séjour de Trakl à Venise en août 1913.

VORHÖLLE / LIMBES

DB, 15 juin 1914. Trakl s'est peut-être inspiré d'un choix de poèmes de Baudelaire traduits en allemand et parus en 1911 sous le titre *Die Vorhölle*.

DIE SONNE / LE SOLEIL

DB, 1er janvier 1914.

GESANG EINER GEFANGENEN AMSEL / CHANT D'UN MERLE PRISONNIER

DB, 15 juin 1914. Selon le témoignage de L. v. Ficker (*Denkzettel und Danksagungen*, p. 246), le poème remonte à une impression, le soir, au lac de Garde (Ficker et Trakl s'y étaient rendus en mai 1914 pour une visite chez le philosophe C. Dallago, et le soir, dans le jardin d'une auberge, ils étaient assis autour du pain et du vin). E. Lachmann (*Kreuz und Abend*, p. 38) rappelle que les oiseleurs italiens avaient l'habitude d'attacher dans les vignobles des cages afin que le chant des oiseaux captifs attire les autres. Le paysage méditerranéen de l'olivaie se confond avec le paysage biblique et laisse transparaître mystérieusement le souvenir de Gethsémani.

JAHR / ANNÉE

DB, 15 mai 1914. Le poème retrace en douze vers l' « année » de la vie.

ABENDLAND / OCCIDENT

Quatrième version, très réduite, d'un poème dont la deuxième version (138 vers) a paru dans *DB* le 1er mai 1914. Les recherches biographiques ont pu mettre le poème en relation avec l'événement dramatique de la « fausse couche » de Margarethe (mars 1914) et du séjour de Trakl à Berlin (cf. notamment E. Sauermann, *Zur Datierung und Interpretation von Texten Georg Trakls*). Cette version aboutit à une vision apocalyptique du « déclin de l'Occident ». Else Lasker-Schüler : la poétesse expressionniste que Trakl a rencontrée à Berlin.

FRÜHLING DER SEELE / PRINTEMPS DE L'ÂME

DB, 15 mars 1914. Poème d'une *vita nuova* de l'âme, l'un des poèmes majeurs de la Métamorphose.

IM DUNKEL/DANS L'OBSCUR

Seconde version. *DB*, 15 mars 1914.

GESANG DES ABGESCHIEDENEN/CHANT DE L'ISOLÉ

DB, 1er avril 1914. « *Abgeschieden* » signifie littéralement « séparé de »: séparé de la vie (défunt, trépassé), mais aussi séparé du monde, solitaire, sens qui se trouve notamment dans le vocabulaire religieux, dans la tradition du mysticisme allemand. C'est à cette seconde acception que se rattache le sens du mot dans le poème, mais non sans prendre une valeur particulière. L'étude des influences et correspondances peut rapprocher le poème des *Briefe aus der Abgeschiedenheit* de Karl Borromaeus Heinrich, parues le 15 février et le 1er mars 1913 dans *DB*. Chez Heinrich, « *Abgeschiedenheit* » marque, en substance, l'isolement intérieur par rapport à la corruption de l'époque, à la civilisation moderne, à laquelle il oppose le retour méditatif sur soi, dans la solitude et la nature. Cf. Introduction et A. Finck, « Chant de l'Isolé », *Austriaca*, 25, 1987.

TRAUM UND UMNACHTUNG/LE RÊVE ET LA DÉMENCE

DB, 1er février 1914. Le poème reprend et intensifie le drame intime du premier poème en prose, *Verwandlung des Bösen*, et présente le déferlement le plus terrifiant des images du mal et de la faute. Le héros du récit est ici désigné à la troisième personne. Selon les variantes, Trakl pensait d'abord lui donner un nom, celui de Kaspar Münch ou de Kermor, en faisant du poème le récit de la « fin » de ce personnage (« *Der Untergang des Kaspar Münch* »).

Sur la situation et la signification des poèmes en prose, cf. Introduction.

Au sujet d' « *Umnachtung* » et d' « *umnachtet* », rappelons le problème de traduction. Qu'ils aient un sens positif ou négatif, comme il a été dit dans l'Introduction, ces vocables prennent racine dans le mot « *Nacht* », nuit (la démence n'est-elle pas, selon Cicéron, une « affection de l'âme consistant dans l'absence de lumière de l'intelligence [*mentis*] », *Les Tusculanes*, III, trad. E. Bréhier, in *Les Stoïciens*, La Pléiade, p. 297) ? Qu'il s'agisse d'une nuit noire ou d'une nuit transfigurée, une traduction fidèle doit tenter de respecter cette étymologie — la plupart des traducteurs recourent d'ailleurs aux mots « ténèbre » et « enténébrement ». Ici ont été préférés les mots « nuit » (de la démence) et « nocturne » (de démence). (N. d. T.)

POÈMES PUBLIÉS DANS LE « BRENNER » 1914-1915

IN HELLBRUNN/À HELLBRUNN

DB, 15 mai 1914. « Hellbrunn » : le château baroque non loin de Salzbourg. Il a fait l'objet, sous le titre « Le palais aux trois étangs », d'un somptueux dossier paru dans la revue italienne *FMR*, dossier illustré par les cinq poèmes que Trakl a consacrés à ce monument (trad. J. Legrand, nº 9 de l'édition française, juillet-août 1987, p. 15-36).

DAS HERZ / LE CŒUR

DS, 1er juillet 1914. « *Jünglingin* » : Trakl forge un nouveau féminin correspondant au masculin « *Jüngling* ». Cela pose un curieux problème de traduction en ce sens que le français possède le mot correspondant, « adolescente ». Étant donné que l'effet d'étrangeté est ainsi annulé, nous nous trouvons en face d'un remarquable exemple de déperdition de sens.

DER SCHLAF / LE SOMMEIL

Seconde version. *DB*, 1er juillet 1924. Malédiction prononcée sur la drogue. Le manuscrit hésite, et une première version propose « *Getrost, ihr dunklen Gifte* » : appel à la confiance, au courage, à subir vaillamment l'assaut des images du mal.

DAS GEWITTER / L'ORAGE

DB, 15 juillet 1914. L' « orage » ; déchaînement d'une violence destructrice ou régénératrice, dans la nature autant que dans le monde intérieur et dans l'histoire (la guerre). Cf. lettre de janvier 1914 (I, 532) : « *Der Wunsch, ein Gewitter möchte hereinbrechen und mich reinigen oder zerstören.* »

DER ABEND / LE SOIR

DB, 15 juillet 1914.

DIE NACHT / LA NUIT

DB, 15 juillet 1914. « *Windsbraut* » : rafale, littéralement « fiancée du vent », titre que Trakl a donné au tableau de Kokoschka (cf. Introduction).

DIE SCHWERMUT / LA MÉLANCOLIE

DB, Jahrbuch 1915. Le manuscrit est daté de juin 1914 « *Mönchin* » : autre néologisme féminin, cf. « *Jünglingin* » dans *Das Herz*. Ici toutefois, la déperdition de sens est moins prononcée que dans *Das Herz*, car le mot français « moniale » est peu usité.

DIE HEIMKEHR / LE RETOUR

Seconde version. *DB*, Jahrbuch 1915. Manuscrit daté de juin 1914.

KLAGE / PLAINTE

DB, Jahrbuch 1915. Manuscrit daté de juillet 1914.

NACHTERGEBUNG / ABANDON À LA NUIT

Cinquième version. *DB*, Jahrbuch 1915. Manuscrit daté de juillet 1914. « *Mönchin* » : cf. *Die Schwermut*.

IM OSTEN / À L'EST

DB, Jahrbuch 1915 Écrit en août 1914, avant le départ au front. Le poème est une vision de combats sur le front de l'est, entre les troupes autrichiennes et russes, auxquels Trakl, par la suite, devait lui-même participer.

KLAGE/PLAINTE, GRODEK

DB, Jahrbuch 1915. *Grodek :* seconde version. Les deux derniers poèmes de Trakl, écrits au front, lus à L. v. Ficker lors de sa visite à l'hôpital militaire de Cracovie, le 25 octobre 1914. Cf. Introduction.

Grodek : rappelons qu'il s'agit de la bataille de Grodek, localité située en Galicie à l'est de Lvov, où fut engagée l'unité dont Trakl faisait partie. Les Autrichiens y tentèrent une contre-offensive qui se solda par un échec sanglant.

Selon le témoignage de L. v. Ficker, une première version de *Grodek* comportait une conclusion plus explicite (*Erinnerung an Georg Trakl,* p. 190) :

> « *Und nun las mir Trakl leise, mit der schlicht hinsagenden Stimme, die ihm eigen war, zwei Gedichte vor :* Klage *und* Grodek — *dieses, das sein letztes bleiben sollte, noch in einer Fassung, darin der Schluß, der Ausblick auf das Schicksal der ungebornen Enkel, etwas breiter angelegt war und noch nicht jene perspektivische Verkürzung aufwies, in die hinein dann Trakls Blick förmlich gebrochen und aus der Welt gehoben erschien.* »

L. v. Ficker, bouleversé, n'a pas pu fixer dans sa mémoire les termes de cette première version.

OFFENBARUNG UND UNTERGANG/L'APOCALYPSE ET LA DESCENTE AUX PROFONDEURS

DB, Jahrbuch 1915. Écrit en avril-mai 1914. Cf. Introduction. Ce poème en prose figure dans *DB* à la fin de ce dernier cycle de poèmes, selon l'ordonnance du recueil *Sebastian im Traum* qui a placé les poèmes en prose à la fin des différentes parties. « *Fremdlingin* » (premier alinéa) : Trakl a pu trouver cette forme féminine chez Hölderlin (dans la première strophe de l'élégie *Brot und Wein*). Cf. les autres vocables féminins insolites « *Jünglingin* » *(Das Herz),* « *Mönchin* » *(Die Schwermut, Nachtergebung),* et le problème de leur traduction française.

BIBLIOGRAPHIE SOMMAIRE

I — TEXTE

ÉDITION CRITIQUE ET HISTORIQUE :

Georg Trakl, *Dichtungen und Briefe*. Historisch-kritische Ausgabe. Hrsg. v. Walther Killy u. Hans Szklenar. Otto Müller, Salzburg, 2. ergänzte Ausgabe, 1987.

TRADUCTIONS FRANÇAISES :

Rêve et folie et autres poèmes. Texte allemand, traduction et préface par Henri Stierlin. GLM, Paris, 1956.

Georg Trakl. Présentation et traduction d'un choix de textes par Robert Rovini. Seghers, Paris, 1964.

Poèmes en prose. Préface et traduction par Edmond Dune. Vodaine, Basse-Yutz, 1968.

Œuvres complètes, traduites et présentées par Marc Petit et Jean-Claude Schneider. Gallimard, Paris, 1972.

Vingt-Quatre Poèmes. Préface et traduction de Gustave Roud. Introduction par Philippe Jaccottet. La Délirante, Paris, 1978.

Poèmes traduits et présentés par Eugène Guillevic. Édition bilingue. Obsidiane, Paris, 1986.

Crépuscule et déclin suivi de Sébastien en rêve et autres poèmes. Préface de Marc Petit, traduction de Marc Petit et Jean-Claude Schneider. Gallimard, Paris, 1990.

II — BIBLIOGRAPHIE

Walter Ritzer, *Neue Trakl-Bibliographie*. Otto Müller, Salzburg, 1983.

III — BIOGRAPHIE

TÉMOIGNAGES :

Erinnerung an Georg Trakl. Otto Müller, Salzburg, 1959. (La première édition de ce volume historique date de 1926. Édition augmentée en 1966.)

MONOGRAPHIES :

Otto Basil, *Georg Trakl in Selbstzeugnissen und Bilddokumenten*. Rowohlts Monographien, 1965.

Hans Weichselbaum, *Georg Trakl*. Otto Müller, Salzburg, 1994.

ÉTUDES PSYCHIATRIQUES ET PSYCHANALYTIQUES :

Theodor Spoerri, *Georg Trakl, Strukturen in Persönlichkeit und Werk. Eine psychiatrisch-anthropologische Untersuchung*. Bern, 1954.

Gunther Kleefeld, *Das Gedicht als Sühne. Georg Trakls Dichtung und Krankheit. Eine psychoanalytische Studie*. Max Niemeyer, Tübingen, 1985.

IV — ÉTUDES EN LANGUE FRANÇAISE

Adrien Finck, *Georg Trakl. Essai d'interprétation*. Thèse, Université des sciences humaines de Strasbourg, 1973

Rémy Colombat, *Rimbaud-Heym-Trakl* Thèse Peter Lang, Bern, 1987.

Austriaca, numéro spécial « Georg Trakl », études réunies par Jacques Legrand et Walter Methlagl. Publications de l'université de Rouen, 1987.

Sud, numéro spécial « Georg Trakl », Marseille, 1987.

SUR LE PROBLÈME DES TRADUCTIONS FRANÇAISES :

Adrien Finck, Huguette et Jean Giraud, Frédéric Kniffke, « Georg Trakl en français », *Revue d'Allemagne,* Strasbourg, avril-mai 1973.

V — ÉTUDES EN LANGUE ALLEMANDE

CHOIX D'OUVRAGES ACTUELS :

Walther Killy, *Über Georg Trakl.* Vandenhoeck & Ruprecht, Göttingen, 3. erweiterte Auflage, 1967.

Hans-Georg Kemper, *Georg Trakls Entwürfe. Aspekte zu ihrem Verständnis*. Max Niemeyer, Tübingen, 1970.

Heinz Wetzel, *Klang und Bild in den Dichtungen Georg Trakls*. Vandenhoeck & Ruprecht, Göttingen, 2. ergänzte Auflage, 1972.

Gerald Stieg, *Der Brenner und die Fackel*. Otto Müller, Salzburg, 1976.

Salzburger Trakl-Symposion. Hrsg. v. Walter Weiss u. Hans Weichselbaum. Otto Müller, Salzburg, 1978.

Londoner Trakl-Symposion. Hrsg. v. Walter Methlagl u. William E. Yuill. Otto Müller, Salzburg, 1981.

Hans Esselborn, *Georg Trakl. Die Krise der Erlebnislyrik*. Böhlau, Köln/Wien, 1981.

Iris Denneler, *Konstruktion und Expression. Zur Strategie und Wirkung der Lyrik Georg Trakls*. Otto Müller, Salzburg, 1984.

Eberhard Sauermann, *Zur Deutung und Interpretation von Texten Georg Trakls*. Innsbruck, Institut für Germanistik, 1984.

Ernst Hanisch u. Ulrike Fleischer, *Im Schatten berühmter Zeiten. Salzburg in den Jahren Georg Trakls*. Otto Müller, Salzburg, 1986.

Trakl-Forum 1987. Hrsg. v. Hans Weichselbaum. Otto Müller, Salzburg, 1988. (Cf. notamment Adrien Finck, « Trakl in Frankreich ».)

Hermann Zwerschina, *Die Chronologie der Dichtungen Georg Trakls*. Innsbruck, Institut für Germanistik, 1990.

Sieglinde Klettenhammer, *Georg Trakl in Zeitungen und Zeitschriften seiner Zeit. Kontext und Rezeption*. Innsbruck, Institut für Germanistik, 1990.

Trakl in fremden Sprachen. Internationales Forum der Trakl-Übersetzer. Hrsg. v. Adrien Finck u. Hans Weichselbaum. Otto Müller, Salzburg, 1991.

Antworten auf Georg Trakl. Hrsg. v. Adrien Finck u. Hans Weichselbaum. Otto Müller, 1992.

Alfred Doppler, *Die Lyrik Georg Trakls. Beiträge zur poetischen Verfahrensweise und zur Wirkungsgeschichte*. Böhlau, Köln/Wien, 1992.

Frühling der Seele. Pariser Trakl-Symposion. Hrsg. v. Rémy Colombat u. Gerald Stieg. Haymon-Verlag, Innsbruck, 1995.

On se reportera également à la *Concordance* (répertoire alphabétique du vocabulaire de Trakl et indication des fréquences) : Heinz Wetzel, *Konkordanz zu den Dichtungen Georg Trakls*, Otto Müller, Salzburg, 1971.

En ce qui concerne l'actualité des études trakléennes, cf. la série *Mitteilungen aus dem Brenner-Archiv*, Innsbruck (1982 sq.), et l'activité de l'*Internationales Trakl-Forum* à Salzbourg (fondé en 1987) au « Trakl-Haus ».

TABLE DES MATIÈRES

INTRODUCTION

GEDICHTE/POÉSIES

SEBASTIAN IM TRAUM/SÉBASTIEN EN RÊVE

VERÖFFENTLICHUNGEN IM « BRENNER »
POÈMES PUBLIÉS DANS LE « BRENNER »
1914-1915

DERNIÈRES PARUTIONS

ARISTOTE
Petits Traités d'histoire naturelle (979)
Physique (887)

AVERROÈS
L'Intelligence et la pensée (974)
L'Islam et la raison (1132)

BERKELEY
Trois Dialogues entre Hylas et Philonous (990)

BOÈCE
Traités théologiques (876)

DÉMOSTHÈNE
Les Philippiques, suivi de **ESCHINE**, Contre Ctésiphon (1061)

DESCARTES
Discours de la méthode (1091)

EURIPIDE
Théâtre complet I. Andromaque, Hécube, Les Troyennes, Le Cyclope (856)

GALIEN
Traités philosophiques et logiques (876)

GOLDONI
Le Café. Les Amoureux (1109)

HEGEL
Principes de la philosophie du droit (664)

HERDER
Histoire et cultures (1056)

HIPPOCRATE
L'Art de la médecine (838)

HUME
Essais esthétiques (1096)

IDRÎSÎ
La Première Géographie de l'Occident (1069)

JAMES
Daisy Miller (bilingue) (1146)
L'Espèce particulière et autres nouvelles (996)
Le Tollé (1150)

KANT
Critique de la faculté de juger (1088)
Critique de la raison pure (1142)

LAFORGUE
Les Complaintes (897)

LEOPOLD
Almanach d'un comté des sables (1060)

LONG & SEDLEY
Les Philosophes hellénistiques (641-643, 3 vol. sous coffret 1147)

LORRIS
Le Roman de la Rose (bilingue) (1003)

MARX & ENGELS
Manifeste du parti communiste (1002)

MONTAIGNE
Apologie de Raymond Sebond (1054)

MUSSET
Poésies nouvelles (1067)

NIETZSCHE
Par-delà bien et mal (1057)

PLATON
Alcibiade (987)
Apologie de Socrate. Criton (848)
Le Banquet (988)

PONGE
Comment une figue de paroles et pourquoi (901)

POUCHKINE
Boris Godounov. Théâtre complet (1055)

PROUST
Écrits sur l'art (1053)

RODENBACH
Bruges-la-Morte (1011)

ROUSSEAU
Dialogues. Le Lévite d'Éphraïm (1021)
Du contrat social (1058)

MME DE STAEL
Delphine (1099-1100)

TITE-LIVE
Histoire romaine. Les Progrès de l'hégémonie romaine (1005-1035)

TRAKL
Poèmes I et II (bilingue) (1104-1105)

THOMAS D'AQUIN
Somme contre les Gentils (1045-1048, 4 vol. sous coffret 1049)

MIGUEL TORGA
La Création du monde (1042)

WILDE
Le Portrait de Mr. W.H. (1007)

GF-CORPUS

L'Auteur (3058)
La Loi (3056)
Le Mal (3057)
La Religion (3040)
Le Temps (3006)
Le Travail (3025)

GF-DOSSIER

BALZAC
Eugénie Grandet (1110)

BEAUMARCHAIS
Le Mariage de Figaro (977)

CHATEAUBRIAND
Mémoires d'outre-tombe, livres I à V (906)

COLLODI
Les Aventures de Pinocchio (bilingue) (1087)

CORNEILLE
Horace (1117)
L'Illusion comique (951)
La Place Royale (1116)
Trois Discours sur le poème dramatique (1025)

DIDEROT
Jacques le Fataliste (904)
Lettre sur les aveugles. Lettre sur les sourds et muets (1081)
Paradoxe sur le comédien (1131)

ESCHYLE
L'Orestie (1125)
Les Perses (1127)

FLAUBERT
Bouvard et Pécuchet (1063)
Salammbô (1112)

FONTENELLE
Entretiens sur la pluralité des mondes (1024)

FURETIÈRE
Le Roman bourgeois (1073)

GOGOL
Nouvelles de Pétersbourg (1018)

HOMÈRE
L'Iliade (1124)

HUGO
Les Châtiments (1017)
Hernani (968)
Ruy Blas (908)

JAMES
Le Tour d'écrou (bilingue) (1034)

LAFORGUE
Moralités légendaires (1108)

LESAGE
Turcaret (982)

LORRAIN
Monsieur de Phocas (1111)

MARIVAUX
La Double Inconstance (952)
Les Fausses Confidences (978)
L'Île des esclaves (1064)
Le Jeu de l'amour et du hasard (976)

MAUPASSANT
Bel-Ami (1071)

MOLIÈRE
Dom Juan (903)
Le Misanthrope (981)
Tartuffe (995)

MONTAIGNE
Sans commencement et sans fin. Extraits des *Essais* (980)

MUSSET
Les Caprices de Marianne (971)
Lorenzaccio (1026)
On ne badine pas avec l'amour (907)

LE MYTHE DE TRISTAN ET ISEUT (1133)

PLAUTE
Amphitryon (bilingue) (1015)

RACINE
Bérénice (902)
Iphigénie (1022)
Phèdre (1027)
Les Plaideurs (999)

ROTROU
Le Véritable Saint Genest (1052)

ROUSSEAU
Les Rêveries du promeneur solitaire (905)

SÉNÈQUE
Médée (992)

SHAKESPEARE
Henry V (bilingue) (1120)

SOPHOCLE
Antigone (1023)

STENDHAL
La Chartreuse de Parme (1119)

WILDE
L'Importance d'être constant (bilingue) (1074)

ZOLA
L'Assommoir (1085)
Au Bonheur des Dames (1086)
Germinal (1072)
Nana (1106)

GF Flammarion

01/04/86479-IV-2001 – Impr. MAURY Eurolivres, 45300 Manchecourt.
N° d'édition FG110501. – Avril 2001. – Printed in France.